雷雲の龍

会津に吼える

吉川永青

講談社

目次

装画　大竹彩奈
装幀　國枝達也

雷雲の龍

会津に吼える

一　攘夷《じょうい》の熱病

目を覚まし、床の中で軽く身震いした。ずいぶん暖かくなってきた昨今、重い綿入れの夜具を嫌ったとは言え、肌掛けを二枚重ねていたのだが。

「三寒四温と言うからな。やれやれ」

ぼやいて大きく欠伸《あくび》をひとつ、要蔵《ようぞう》はゆっくりと身を起こした。遠くから届く鐘の音は徳川《とくがわ》の菩提寺《ぼだいじ》、増上寺《ぞうじょうじ》である。卯《う》の刻《こく》（六時）らしい。三月を迎えて夜明けも早いはずだが、障子の向こうはあまり白々としていなかった。

「今朝は曇《くも》り空か」

独《ひと》りごちて蒲団《ふとん》を畳み、押入れに運ぶ。連れ合いが死んだばかりの頃には、この朝一番の仕事も億劫《おっくう》なものだった。五年も経った今では、なぜ面倒がっていたのか分からない。

これで良し、と押入れの襖《ふすま》を閉め、体の幅ほどの戸棚から手拭《てぬぐい》を取って部屋を出た。

「やけに冷えると思ったら」

障子を開ければ、外は曇りどころか季節外れの雪であった。ちらちらと舞う風花《かざはな》が薄《うつす》らと積もり、庭の土を薄茶に染めていた。縁側の踏み台を下りて飛び石を踏み、春とは思えぬ冷たさを味わいながら進む。

「おや森《もり》先生」

庭の中央、見事な枝垂《しだ》れ桜の木を挟んだ南側の屋敷から、穏やかな声が渡った。家主の岡仁庵《おかじんあん》である。将軍の御典医《ごてんい》だけあって品が良い。歳の頃は五十一の己《おのれ》と同じくらいだが、こちらと違って華奢《きゃしゃ》な体をしていた。

「今朝はいつもよりお早いようで」

江戸《えど》の城南、麻布永坂《あざぶながさか》。岡仁庵の屋敷は実に広く、三千坪もある。上総飯野藩《かずさいいのはん》剣術指南役の要蔵は、ここに間借りして北辰《ほくしん》一刀流・森道場を開いていた。

「さては、昨晩は酒が進まなかったのでしょう。まあ少し控えた方が良くはありますな」

要蔵は会釈して「はは」と大きく笑った。

「何の何の。胸に誠を、口には酒を、ですわい」

「ほう。そういう言葉があったとは」

「わしが今、口から出まかせに作りました」

「やれやれ。困ったお人ですなあ」

苦笑する医者に向けてまたひとつ笑い、一歩、二歩と歩み寄る。

「かく仰《おお》せの仁庵先生も、ずいぶんとお早い。この寒さに叩き起こされましたか」

「ええ……そのとおりです」

返しつつ、医者は少し浮かぬ顔つきだった。

「ん？　そのとおりです『が』というお顔ですぞ」

どうかしたのかと軽く首を捻《ひね》る。仁庵は「いえ」と頭《かぶり》を振った。

「大したことではござらん。夢見が悪かっただけですよ」

「何か気になる話でもおありですか。しかし、病は気からと申しますぞ。医者の不養生などと言われませぬように」

要蔵はまたひとつ豪快に笑い、枝垂れ桜の右の陰《かげ》、塀の際に掘られた井戸へと進んだ。井戸の縁に手拭を置き、釣瓶《つるべ》を投げ入れて水を汲《く》む。寝巻を脱いで褌《ふんどし》一丁になると、ぽっこりと出た腹が目に入った。ごろり、もっさりとした体つきは若い頃からのものだが、確かに毎夜の大酒でだいぶ肥えている。

「なるほど。少し慎《つつし》まんとな」

掌《てのひら》でぴたぴたと腹を叩いて苦笑し、汲んだ水を頭からかぶった。かぶっては釣瓶を取り、井戸から汲んではかぶって、三度繰り返す。雨の日も風の日も、元旦でさえ休んだことのない日課であった。

「ふう」

寝起きの身を引き締め、白髪交じりの髪を両手で後ろに流す。髷《まげ》に結っていない長髪が背に掛かり、水を伝わせた。口元と顎《あご》に伸びた鼠《ねずみ》色の髭《ひげ》からも、腹に冷たいものが滴《したた》る。手拭で総身の水気を拭き取っていると、右手から小走りに近付く者があった。細面《ほそおもて》に鋭い眼差し、常に何か苛立《いらだ》っているような顔は、門弟の鈴木文質《すずきぶんしち》である。

「ありゃ先生。もう起きてなさったんやか。朝餉《あさげ》の支度、これからやけんど」

「ああ。朝餉はいつもと同じ頃で構わんよ」

「まあでも、急ぎますよ」

鈴木は一礼して踵《きびす》を返し、道場の方へと小走りに戻って行った。それを眺めながら身を拭い終え、来た時と同じく飛び石を伝って屋敷に戻る。左の部屋から一番弟子の勝俣乙吉郎《おときちろう》、右から二番弟子の野間好雄《よしお》が出て来て「おはようございます」と頭を下げた。二人は既に道着を纏《まと》い、身支度を調《ととの》えていた。

勝俣は瓜実顔《うりざねがお》に彫りの深い顔立ちで、太い眉の下にある細い目に人好きのする笑みを絶やさない。対して野間は四角い顔にどっしりとした鼻、大きな切れ長の目という面差しである。見るからに豪胆そうな一方で、落ち着きと理性をも感じさせた。

「すみません。先生より遅くなるとは」

詫《わ》びる野間の傍《かたわ》らで、勝俣が「あはは」と気楽そうに笑った。

「大方、先生は昨夜の酒が足らなかったんだろう」

背後の屋敷、縁側にあった仁庵が「ふは」と吹き出した。要蔵が肩越しに振り向くと、向こうは「いえいえ」とばかり、顔の前で掌を左右に振る。先ほどの憂鬱《ゆううつ》そうなものが少し晴れたようで、それは何よりなのだが、こちらとしては実にばつが悪い。要蔵は勝俣に向き直り、眉根を寄せて声を張った。

「やかましいわい。さっさと朝の支度をしに行かんか」

野間が「勝俣さん」と呆《あき》れたように窘《たしな》め、勝俣は軽く肩をすくめて舌を出しつつ、廊下の角を曲がって裏手に消えた。

「まったく、乙吉の奴め」

ぶつぶつと文句を言いながらも、要蔵の顔には何とも言えぬ笑みが浮かんでいた。

勝俣と野間はそれぞれ十九歳と十六歳、瑞々《みずみず》しい生気に溢《あふ》れた若者である。共に飯野藩に仕える身だが、出自は大きく違った。野間は古くから藩に仕えた家の次男で、一方の勝俣は百姓の子であった。

勝俣は七年前、親に死なれて行く当てをなくした身の上である。それを不憫《ふびん》に思った要蔵が引き取って養い、剣術の稽古《けいこ》を施してきた。勝俣は見る見る腕を上げて長じ、武芸を認められて藩士となった。今では江戸詰めの役目まで得ているが、永坂を上った先の上屋敷ではなく要蔵の許《もと》で寝起きしている。師弟であると同時に、親子とも言える間柄だった。

要蔵は縁側の踏み台を上り、自らの部屋に入ると、簞笥《たんす》から道着を出して着替えた。いつもは着替えが済むとすぐに朝餉なのだが、今日はまだ間がある。戸棚の脇に置いた煙草盆を引っ張り出し、煙管で煙をくゆらせながら、この数日で読みかけていた書物に目を落とした。

半時余り（一時は約二時間）経った頃だろうか、部屋の外に鈴木の声が聞こえた。

「お待たせしてすまんでした。そろそろやき、おいでください」

「おお。今行く」

返事をしたものの、すぐには腰を上げない。手中の書物を、区切りの良いところまで読んでおきたかった。

「……ふむ。よし」

ここまで、と決めて書物を閉じる。すると増上寺から再び鐘の音が届いた。辰《たつ》の刻（八時）である。鈴木に呼ばれてから、どれほど過ぎたかは分からない。が、皆を待たせたのは確かだ。要蔵は「こりゃいかん」と少し慌てて部屋を出た。

部屋の前の廊下を左手に進み、角を折れて、ぐるりと裏手に回る。要蔵や勝俣、野間の部屋は八畳間だが、この裏手には三畳間が六つ連なっていた。鈴木を始め、道場に住まう門弟たちの部屋であった。

三畳間六つの中央から道場への間には渡り廊下と池がある。斯様《かよう》な風流が、さすがは御典医の屋敷たる所以《ゆえん》だった。池は廊下の下をぐって左右に延び、周囲を岩で囲われている。五右衛門《ごえもん》風呂が三つ、四つという大きさの中、幾年《いくとせ》か育ったのだろう金魚がぼんやりと浮かんでいた。

廊下を渡った先には二十人ほどで稽古ができそうな板間である。その中央にこぢんまりと白木の膳が並び、門弟たちが向かい合わせに座っていた。それぞれの部屋に飯を運んでも構わないのだが、要蔵は毎度こうして皆と膳を囲むのを好んだ。

「待たせたのう。すまん、すまん」

門弟が師の到着を待つのは当然かも知れぬが、若い者はいつも腹を空かせている。遅くなった時、要蔵は必ず詫びてから座に着いた。

「あ、先生。すみません。ひと品、遅れておりまして」

右手に四つ並んだ膳の一番向こうで、紅顔の少年が申し訳なさそうに声を上げた。住み込みの中で最も歳若い小松維雄《こまつただお》である。おや、と見れば、いつも小松の正面に座っているはずの者がいない。

「今朝は小一郎《こいちろう》が当番か」

「ええ。大出《おおいで》さん、納豆を買いに出たまま戻らないんです」

申し訳なさそうな小松に、要蔵は「構わんよ」と頷《うなず》いた。

「納豆売りも小一郎も、今朝の雪で難儀しておるのだろう。先に食っているとしよう」

いただきます、と手を合わせて飯椀《めしわん》を取る。弟子たちもそれに倣《なら》って箸を取った。

「あれ」

左側の三番目に座った鈴木が、味噌汁を啜《すす》って小声を発した。右手筆頭の勝俣に「どうした」と問われ、怪訝《けげん》そうに首を傾《かし》げている。

「味、薄い気がするがよ。出汁《だし》も味噌も、いつもと同じにやったんやけどなあ」

「そうか？ 俺には同じに思えるが。鈴木は気難しいからなあ」

「勝俣さんが大雑把《おおざっぱ》すぎるだけちや」

鈴木は土佐《とさ》の出である。彼の地では武士も上士《じょうし》と下士《かし》に分けられているが、さらに下に地下《じげ》牢人《ろうにん》という身分があった。武士でありながら、藩からまともに扱われない立場である。鈴木はその地下牢人の子で、虐《しいた》げられる暮らしを嫌って昨年に脱藩し、ひとり江戸まで歩いてこの道場に転がり込んだ。道場の前に蹲《うずくま》っていた鈴木は、さながら行き倒れの骸《むくろ》であった。顔は垢《あか》で真っ黒、頬はげっそりとこけ、着物に至っては肥溜《こえだ》めかという臭気を放っていたものだ。どうやら生きていると分かって、要蔵は道場に招き入れた。勝俣が粥《かゆ》を煮てやると、鈴木は涙と洟汁《はなじる》を流しつつ食い、要蔵を仏か何かのように拝《おが》んでいた。

あれから一年。勝俣の言うとおり、鈴木の気難しさは皆が知っている。だが食うや食わずの身の上だったせいだろう、道場の飯にだけは文句を付けずにきたのだが。

「どれ」

要蔵は汁椀を取り、箸の先で軽く掻《か》き混ぜてひと口を含んだ。

確かに、薄く思える。この感じは——要蔵の眉が、ぴくりと寄った。

「どうかなさいましたか」

勝俣の脇から野間が声を寄越した。要蔵は「む」と唸《うな》って汁椀を置き、目を半開きに膝元へ落とした。

剣、薙刀《なぎなた》、柔術、吹き針。要蔵の兵法は多岐に亘るが、北辰一刀流の剣術は神田於玉ヶ池《かんだおたまがいけ》の千葉周作《ちばしゅうさく》道場・玄武《げんぶ》館で磨いたものである。要蔵は玄武館四天王のひとりと認められ、以後は常陸土浦藩《ひたちつちうら》、次いで今の飯野藩に仕官した。

その間、多くの野試合を挑まれた。玄武館四天王の名があったせいだろう。森要蔵に勝てば自らの名も売れると思ってか、血気を滾《たぎ》らせて突っ掛かって来るのだ。迷惑ではあったが、試合ならましな方だった。時には、否《いな》、たった一度だけ——。

そういう者が現れる日、決まって今朝のように汁の塩気が薄く感じられた。兵法家の性《さが》か、何かを予感して自らの血潮まで昂《たかぶ》っていたのかも知れない。

「……いや、しかし」

かつての野試合は、今なら道場破りに当たるのだろう。だが森道場は住み込みの八人以外にも八百人の門弟を抱え、江戸で知らぬ者のない名門と目されている。そうそう喧嘩《けんか》を売る輩《やから》があるとは思えない。

「まあ……とにかく食っているとしよう」

いささか胸騒ぎはするが、勘は勘でしかない。とりあえずそう思うことにして、要蔵は漬物と味噌汁で飯を食い始めた。門弟たちもそれに倣《なら》ったが、普段に比べて口数は少なかった。

買い物に出た大出は、飯が終わって食休みの頃になっても帰って来なかった。鈴木や小松が大出の膳だけ残して他を片付けてゆく。食い始めから既に半時ほど過ぎているとあって、勝俣が心配そうに「むう」と唸った。

「何かあったのかも知れん。探しに行こうか」

「そうですね。さすがに遅すぎる」

野間も頷く。そこへ、ばたばたと乱れた駆け足の音が響いた。

「せ、先生！　皆！　大変だ」

大声を上げて道場に転がり込んだのは、当の大出小一郎だった。

「何だ騒々しい。納豆が売り切れていたのか」

安堵したのか、勝俣が軽口を叩く。しかし大出は強張った顔で「何言ってんです」と口から泡を飛ばした。

「殺されたんですよ。大老様《たいろう》が」

皆が息を呑《の》み、目を見開いた。

安政《あんせい》七年（一八六〇）三月三日、巳《み》の刻の始め（九時）頃であった。時ならぬ雪が舞う中、幕《ばく》府《ふ》大老・井伊直弼《いいなおすけ》が桜田門外《さくらだもんがい》で襲われ、横死した。水戸《みと》を脱藩した浪士たちの仕業であった。

「はは、は。天誅《てんちゅう》……天誅ぜよ」

鈴木が片付けの手を止め、恍惚《こうこつ》の笑みで震え声を発した。

「なあ、そうろう皆さん。散々メリケンに弱腰を見せてきたんや。商いの条約も、天子様《てんし》がお許しにならんのに、脅《おど》されて、押し切られて。天罰――」

「よさんか！」

要蔵の喉から大声が叩き出された。日頃は見せない剣幕に驚きの目が集まる。いささか気まずい。

「……人が殺されておるのだ。口を慎め。小一郎も、まずは飯を食うと良い」

咳払いひとつ、静かに続ける。もっとも大出の顔は蒼白《そうはく》で、とても朝餉どころではなさそうだった。他の者も同じで、空気がどんよりと重い。もっとも要蔵にとっては、大老が襲われた動揺よりも、不平を湛《たた》えた鈴木の目の方が身に痛かった。

少し厳しく言い過ぎたか。鈴木は無論、皆の気持ちも落ち着けねばならない。要蔵はすくと立って、諭すように言った。

「世の中がどう動こうと、おまえたちの多くは飯野藩士だ。今少しすれば文質にも仕官のお話があろう。皆々剣を学び、学問を修《おさ》めて、藩公に尽くすことだけ考えい」

言い残して道場を去る。この後の稽古を思うと気が重かった。

ペリー提督が江戸湾浦賀《うらが》に来航し、日本に開国を迫ったのは七年前、嘉永《かえい》六年（一八五三）である。幕府はアメリカの求めに従って和親条約と通商条約を結ぶに至ったが、決して鈴木の言うような弱腰ではなかった。飯野藩はわずか二万石の小藩だが、藩主・保科正益《ほしなまさあり》は会津松平《あいづまつだいら》家の縁戚であり、その伝手《つて》で事情に通じている。剣術指南として正益に接する機会の多い要蔵も、これまでの経緯を概《おおむ》ね聞かされていた。

和親条約の折は、往時の老中首座《ろうじゅう》・阿部正弘《あべまさひろ》から諸藩に諮問《しもん》があった。建白が許されたのは幕政に参与できる譜代《ふだい》の家柄のみだったが、外様《とざま》と譜代諸藩と気脈を通じている者は多く、実のところはそれらの意見も聞いたに等しい。幕政は全国の協調に舵《かじ》を切り始めていた。

阿部の諮問に対し、大半の意志は開国で統一されていた。日米の力には大人と子供ほどの開きがあり、戦になればひと堪《たま》りもないと分かっていたからだ。諸藩は国を守るべく、それこそ水戸家先代・徳川斉昭《なりあき》の如《ごと》き強硬な攘夷論者でさえ、条約の受け入れも已《や》むなしと認めていた。

「然《しか》るに……文質」

廊下の途中で呟《つぶや》き、ふと足を止めた。

鈴木の不平は、長らく押さえ付けられていた歪《ゆが》みのせいだろう。井伊大老は、そうした恨みが向きやすい人ではあった。

阿部正弘が若くして世を去ると、替わって堀田正睦《ほったまさよし》が老中首座となった。通商条約を結ぶに於いて、堀田は朝廷に勅許《ちょっきょ》を求める。だが一蹴された。禁裏《きんり》の頂点・孝明《こうめい》天皇が、頑《かたく》ななまでに攘夷を唱《とな》えたからだ。交易で国を富ませ、兵を鍛えるこそ国を守る最善の一手――重ねての説得も無駄であった。

井伊直弼はこの不首尾を咎《とが》めて大老の座を勝ち取り、勅を得ぬまま条約を結んだ。井伊にしてみれば、勅を理由に調印を引き延ばしては危ういと思ったのかも知れない。

天皇を無視するやり様は、朝廷と幕府の間に溝を作った。すると、ここぞとばかり井伊に反発する者が出る。井伊はそれらを厳罰に処し、なお多くの敵を作るに至った。

「だからと言って、じゃ」

またひとつ溜息をつき、要蔵は再び歩を進めた。

井伊ひとりの裁断で全てを動かすのは確かに横暴であり、悪である。襲われるだけの理由はあった。だが日本は、手探りで外国との付き合いを始めたばかりなのだ。その矢先に幕府を揺るがすのが正しい道かと言えば、頷けぬところだった。

部屋の前に至ると、案の定、南の屋敷は慌《あわただ》しい気配に包まれていた。岡仁庵は、御典医として急ぎ登城を求められたのに違いない。今朝は夢見が悪かったと言っていたが、虫の報せというものだったか。

「この国は、乱れるのかも知れん」

独りごちて部屋に入る。ふと気が付けば、口髭が洟汁に濡れている。総身が熱く思えて、雪による冷え込みも忘れていたようだ。要蔵は戸棚から紙を取り、強く洟を擤《か》んだ。

＊

「今日も暑いなあ」

後ろを歩く勝俣が、うんざりしたように呟く。要蔵は黙って額を拭った。

森道場が抱える門弟は八百人、全てを道場に通わせて稽古を付ける訳にもいかない。この日は浅草界隈《あさくさかいわい》まで出稽古に参じ、その帰り道であった。

「暦《こよみ》の上では秋だってのにな。さっさと冬になれってんだ」

なお続く勝俣のぼやきに、隣を歩く野間から涼しい声が返った。

「冬になったら、今度は寒いって言うんでしょう」

「悪いか。俺は暑いのも寒いのも嫌いだ」

「そんな文句を言っていられるのも、どうにか世の中が落ち着いているからですよ。攘夷だ何だの辻説法が増えて、やかましくはなりましたけど」

桜田門外の変から二年余りが過ぎ、文久《ぶんきゅう》二年（一八六二）七月を迎えていた。

井伊直弼が横死した後、老中首座に就いた安藤信正《あんどうのぶまさ》は、険悪になった朝廷との関係を周旋すべく奔走した。その結果が、公武一体で政治に取り組む道である。幕府は孝明天皇の妹・和宮《かずのみや》を将軍・家茂《いえもち》の御台所《みだいどころ》に迎えた。朝廷との間も落ち着き、今後は手を取り合って国を動かす――そう思える日々が続いていた。

「おい。何か騒々しいな」

新橋《しんばし》を過ぎて芝《しば》の町並みが見えてきた頃、勝俣が怪訝そうに発した。道の遠く向こうに人垣があって、不安そうにざわついている。野間が「先生」と声を寄越した。

「ひとっ走り、見て来ましょうか」

「いや。無用だろう」

増上寺の門前辺りに見えていた人影が、ばらばらと左右に散り始めた。それらは道の端に寄ると、跪《ひざまず》いて頭を垂れる。開けた道の向こうでは、茹《う》だるような風に「丸に十文字」の旗が靡《なび》いていた。槍を掲げ、鉄砲を掲げて進んで来る。どれも具足を身に着けていて、常なる参覲《さんきん》の行列ではない。

「薩摩《さつま》だって？　しかも戦《いくさ》支度だ。先生、殿から何かお聞きではないのですか」

驚いて問う勝俣に、要蔵も戸惑いながら返した。

「何も。殿がお忙しいのは、おまえも知っておるだろう。近頃では指南にも上がっておらん」

藩主・保科正益は旅支度のために多忙であった。正式な通達はもう少し先になるだろうが、九月から大坂《おおさか》城の中小屋口加番を仰せつかると内示されたらしい。勝俣にも、正益に従って大坂に詰めるように下知《げち》が寄越されていた。

「とりあえず、わしらも控えねば」

要蔵は弟子二人を促し、道の右脇に退《の》いて片膝を突いた。薩摩藩兵は江戸の町人を威圧するかのように、ゆったりと行軍を続けた。

人の足音、馬蹄の音。旗持ちが掲げるのは黒地に白糸の刺繍《ししゅう》仕立てで、大将の旗と見えた。それらに続いて車輪の音、乾いた道に薄い土煙が舞う。大人二人で抱えるほどの陣太鼓と、六門の大砲まで備えた物々しい一行であった。兵の数も百や二百ではない。少なくともその十倍以上を連れている。ひととおりが行き過ぎる頃には、昼下がりの陽光に照らされて、要蔵の白髪頭さえ熱くなっていた。

「驚いたな。今からお城に戦を仕掛けるような構えだったぞ」

「まさか。これだけ町人がいるのに」

勝俣と野間の小声を聞きつつ、要蔵は「やれやれ」と腰を上げ、袴《はかま》の右膝から土を払った。大まかに見て兵は二千から三千、大砲の備えを見ても本気の戦支度と言える。だが江戸には百万の人がいて、その半分は町人なのだ。それらの恨みを買えば勝ち戦は覚束《おぼつか》ない。

「強訴《ごうそ》じゃないでしょうか」

続けられた野間の言葉は、要蔵の見立てと同じであった。軽く振り向けば、勝俣は難しい顔で眉をひそめている。

「何のために」

「それは、今のところ分かりませんが」

「先生はどうお思いです」

勝俣に話を向けられ、要蔵は「知らんよ」と応じた。

「それより早《はよ》う帰らんと。半日も光好《みつよし》に任せきりだ」

小野《おの》光好は勝俣と野間に続く三番手の弟子で、今日は道場に通う門弟の稽古を任せている。玉《たま》置仙之助《きせんのすけ》や佐々木信明《ささきのぶあき》などの年長者と手分けしていても、この暑さで面や胴を着続けては、そろそろへばっている頃かも知れなかった。

思わぬ道草を食ってしまい、三人は少し足を速めて麻布に向かった。道中、勝俣と野間は相変わらずあれこれを語っていた。

「薩摩の大将、あれは島津久光《しまづひさみつ》様かな」

「でしょうね。歳は五十近いように見えましたし、なりも立派でした」

島津久光は薩摩先代・斉彬《なりあきら》の弟である。斉彬の子はどれも早逝しており、斉彬自身が急逝した時には幼い哲丸《てつまる》しか残っていなかった。そのため久光の子・茂久《しげひさ》が家督を取り、藩の実際は久光が握る形になっている。

「なあ野間。あれじゃないか。薩摩は一橋《ひとつばし》様を推していただろう」

「ああ……それなら」

一橋様――水戸斉昭の七男にして御三卿・一橋家の嗣子《しし》に入った一橋慶喜《よしのぶ》である。かつて十四代将軍に推されながら、井伊大老の裁断によって退《しりぞ》けられた人物であった。慶喜は幕政のありようを巡って井伊と対立し、それを将軍への造反という名目に置き換えられて、父・斉昭と共に謹慎を命じられていた。

「井伊様が死んだってのに、一橋様はまだ許されていない。薩摩は公方様を挿《す》げ替えて、自分たちの言い分を通したいのかも知れんな」

勝俣の見立てに「でしょうね」と返しつつ、野間は「でも」と嫌そうに続けた。

「勝手な話ですよ。薩摩は外国の抜け荷を扱ってるって噂です」

「御公儀が儲けを独り占めしているのが悪いのさ」

「それには違いありません。でもね、勝俣さん。メリケンやエゲレスには、西洋だけが偉いっていう、いけ好かない法度《はっと》があるんだとか。御公儀が何のためにそんな法度を認めたのか、薩摩も少しは考えろってものですよ」

欧米の「万国公法」とやらは、要蔵も主君から聞かされていた。その中で日本は「半未開国」と看做《みな》され、欧米に従うべき立場と決められているらしい。斯様に傲慢極まりない法と条約を受け容《い》れた辺りが、世に「弱腰」と言われる大本なのだが――。

要蔵は「おっと」と思い、口をへの字に歪めた。二人の話を知らぬ顔で流していたのに、つい聞き耳を立てている。いつになく野間の語気が荒いせいだ。

その驚きは勝俣も同じようであった。

「おまえがそんなに怒るとは珍しいな」

「だって、そうでしょう。メリケンと条約を結んだのは、相手と同じ土俵に立ったためじゃないですか。そうすりゃあ、向こうにも法度を守れって言えるんですよ」

勝俣は感じ入ったように「おお」と発した。

「おまえさん方の法度だろう、きちんと守って日本に無体を働くな……か？」

「そうです。なのに薩摩が抜け荷なんぞしていたら、こっちが法度を破ったって言われても仕方ない。おまけに御公儀の財を掠《かす》め取っているようなもので、大いに迷惑をかけてるんです。強訴なんて以《もっ》ての外《ほか》だと思いませんか」

ついに勝俣が黙り込んだ。唸りつつ、何か考えているらしい。

正直なところ、要蔵も舌を巻く思いだった。幕府が条約を受け容れたのは、確かにこの国を守り、戦を避けるためだ。だが高慢な法に従うことで逆に相手を縛るという考え方は、己の頭にはないものだった。

「乙吉、好雄」

要蔵は振り向いて二人に声をかけた。

「そろそろ着くぞ。わしゃ、殿にお目通りを願《ねご》うて来る。稽古を任せるが、構わんか」

二人は芯の通った顔で「はい」と返した。

永坂の岡邸――道場を素通りして、要蔵は短く緩い坂を上った。四半刻（一刻は約三十分）も歩かぬうちに、飯野藩上屋敷に至る。軽く手を挙げて挨拶すると、藩邸の門衛たちが丁寧に頭を下げて迎えた。

十畳敷きの一室に案内され、麦湯を振る舞われてしばらく待つ。二杯めを干した頃、藩主・保科正益が早足で入って来た。当年取って三十歳、細面に引き締まった顎、凛と整った眉目。人並みの背丈しかない要蔵より頭ひとつ大きい。中々の美丈夫ぶりは、二万石の小藩主とは思えぬ風格である。多忙のせいか暑さのせいか、額に汗を浮かせていた。

「待たせたな、森」

「いえいえ。急にお目通りを願い、申し訳ございませぬ」

「して、用向きは？」

単刀直入に訊く辺り、やはり忙しいのだろう。あまり時を取らせてもいけないと、要蔵は今日の一件を語った。

「もしや殿なら、薩摩様の思惑をご存じではないかと思いましてな」

「それか」

正益は何とも忌々《いまいま》しそうに、長く鼻息を抜いた。

「実は、薩摩殿は朝廷にも強訴をしておってな」

「は？」

「わしに大坂詰めの話があったのも、上方を固めねばならんからだと聞いておる」

島津久光の強訴は、やはり、井伊に処罰されたままの一橋慶喜や越前《えちぜん》松平慶永《よしなが》などを復権させるためだという。かつて老中首座にあった阿部正弘のように、各藩の意志を広く取り入れる政治に戻したいのだと。

「が、他ならぬ天子様が乗り気であらせられなんだ」

和宮を降嫁させて、ようやく幕府との関係を和《やわ》らげたばかりなのだ。そもそも幕政は、緩やかながら改革に向かおうとしている。これを早めよと口を挟み、わざわざ波風を立てたくはないのだろう。

「では薩摩は、天子様を脅したと」

「そういうことになる」

島津久光は藩兵を率いて上洛し、数人の攘夷論者を斬り捨てた。天皇の意に沿って、すぐに夷《い》狄《てき》を襲わんと息巻く強硬な者共である。そして「幕府が改まらねば斯様な者が京で暴れ回る」と唱えた。使えるものは何でも使うという、したたかなやり口であった。

「まさに好雄の……」

野間が憤っていたとおり、薩摩は横車を押そうとしている。

「好雄？　ああ……野間銀次郎《ぎんじろう》の弟か。それがどうした」

「いえ、こちらの話で。お忙しいところ、ありがとうございました」

要蔵は深く頭を下げて藩邸を辞した。

麻布永坂を下る頃には、日が傾きかけて幾らか涼しくなっていた。建ち並ぶ大名屋敷が長い影を落とし、下り坂のあちこちを黒く染めている。要蔵にはその様子が、これからの日本が辿《たど》る道のように思えてならなかった。

「いや、そこは『郷に入らば郷に従え』だろう。エゲレスが悪い」

「とは言っても、あそこら辺は紅毛人《こうもうじん》が歩いて良いと決まっている」

要蔵が道場に入ると、門弟たちが議論していた。昼餉の片付けを終え、通いの門弟を加えて車座になっている。二日前、八月二十一日に起きた一大事についての話だった。

*

七月に江戸に上がった島津久光は、幕府に自分たちの要求を呑ませた。即ち一橋慶喜や松平慶永らの赦免《しゃめん》である。慶喜は将軍後見、慶永は政事総裁職の役目を得た。また京都には守護職が置かれ、会津の松平容保《かたもり》がこれに任じられている。十分な成果を挙げた久光は、江戸を辞して帰路に就いた。

その途上、相模《さがみ》との境に近い生麦村《なまむぎ》で、あってはならない事件が起きた。英国人が騎馬のまま久光の行軍を遮《さえぎ》り、怒った薩摩藩兵がひとりを斬り殺している。

「だから言ったじゃないですか。薩摩は自分のことしか考えてないんです」

野間の憤りは過日と同じである。鈴木文質と佐々木信明が「いや」と立て続けに口を開いた。

「違うがよ野間さん。長州《ちょうしゅう》が攘夷じゃて言い出したき、天子様を握られまいとしたんちや。仕方ないろう」

「長州の変節も嫌らしかったからなあ。散々、開国開国言っていたくせに」

剣術に加え、弟子たちには学問も奨《すす》めている。世の動きがきな臭い昨今、若者がこうして論を戦わせるのは致し方ないのかも知れない。だが、と要蔵は声を張った。

「いつまで話しておる」

一同、一斉にこちらを向いて、恥じたように頭を下げる。塾頭の勝俣が率先して詫びた。

「すみません。先生のお越しにも気付かないとは」

「まあ構わんがな。さあ、稽古の刻限だぞ」

さらりと流すつもりだったが、若い血気はそれを許そうとしない。佐々木が「とは仰せられましても」と顔を上げた。

「このご時世、剣術ばかりでもいかんのでは？　先生はどうお思いです」

「勤皇だの攘夷だの、わしには分からん。そんなことより、いつも言っとるように心の誠を大事にせい。ほれ、ぼさっとするな」

どの顔にも少しばかり、もやもやしたものが漂っていた。が、要蔵が竹刀《しない》を取って軽く横に払うと、促されて胴と面を着け、板間に散らばった。

勝俣の「えい、えい」という小刻みな掛け声に合わせ、基本となる打ち込みの稽古が続く。皆を眺めつつ、要蔵は静かに奥歯を嚙んだ。

世情など分からぬと皆には言ったが、無論、方便であった。本音では若い門弟たちが快活に生きられる国を望み、そのために何ができるかと常に思いを巡らしている。だが悲しいかな、己は小藩に仕える一介の剣術指南なのだ。名門と目される道場を開いてはいても、世の流れを左右する力にはなり得まい。それに、議論には恐ろしい力があると知っている。

「よし、やめ」

百本を打ち込むと、次には二人ひと組での試合稽古である。二十人以上が同時に立ち回れる板間に、竹刀と竹刀のぶつかり合う音が満ちた。

「ん？」

ふと見れば、鈴木文質がひとりで隅に座っている。またか、と呆れつつ声をかけた。

「相手がおらんか。わしで、どうだ」

しかし鈴木は「いえ」と素っ気なく応じた。

「皆の稽古を見ちょりますき、お構いのう」

「それはならん。何度も同じことを言わせるな」

やや厳しく叱る。聞き拾ったか、勝俣が息を弾《はず》ませながら「鈴木」と竹刀を掲げた。

「俺とやろう。今日こそ負けんぞ」

鈴木は「はは」と笑って立ち、面を着けた。

「勝俣さんの太刀筋は、ずっと見ゆうきね。今日もわしの勝ちやよ」

「言ったな」

二人は向き合い、互いに中段に構えた。勝俣が剣先を小さく揺らしながら、じわりと間合いを詰める。鈴木が、すっと右に回る。それを追って勝俣が足を運び、相手の竹刀を軽く弾いて鋭く小手を狙った。

「しゃっ」

甲高い奇声ひとつ、鈴木が一撃を絡めて右へ往《い》なす。そして一気に踏み込み、空いた勝俣の胴を左から打ち抜こうとした。

「むっ」

勝俣の竹刀が素早く引かれ、何とか胴払いを食い止めた。

勝俣は要蔵に養われて今に至った身だが、それだけで塾頭を任せているのではない。剣を教えて五年で中目録を免許され、今では皆伝の腕前である。それと互角以上に渡り合っているのだから、鈴木の才は飛び抜けていると言えよう。

だが――。

「うっしゃあ！」

やや下段から鈴木の一撃が飛び、勝俣の竹刀を弾く。勢いに乗った竹刀が、そのまま横面を捉えた。パンと切れの良い音は、迷わず打ち抜いた証《あかし》である。勝俣は「むう」と唸った。

「ようし！　ほら勝俣さん。今日もわしが勝ったやないですか」

鈴木は面を外し、額から湯気を上げつつ、こちらを見た。どうだ、と言わんばかりの得意げな顔である。要蔵は、そこに冷や水を浴びせた。

「たわけ。これが、おまえの勝ちと言えるか」

「どいてです？　わしの一本勝ちぜよ」

ありありと不平を湛えている。その胸に向け、ゆらりと持ち上げた竹刀を突き出した。鈴木が咄嗟《とっさ》に身構える。

その時にはもう、要蔵は背後へと回っていた。

「おまえは人の稽古を見てばかりで、正しく修練を積んでおらん。いざ斬り合いになったら、敵の太刀筋など見て学んでいる暇《いとま》はない。常々言っておろうが」

発して、竹刀でこつんと鈴木の頭を叩く。

「まあ、それでも乙吉から一本取れるくらいだ。過《あやま》たず才を磨け」

「……はい」

鈴木は頭を下げ、諦めたような嫌気を漂わせながら稽古を続けた。要蔵は苦い思いでそれを見守った。

試合稽古が続けられるうち、出稽古に行っていた小野光好が戻った。

「ただ今、戻りました」

「おお、ご苦……」

ご苦労だったなと声をかけようとして、途中で止まった。小野は困ったような顔で、後ろに大男を連れている。要蔵は眉尻を下げ、その男を迎えた。

「何だ稲垣《いながき》、また来たのか」

「今日こそは先生を負かそうと思いましてな」

ぎらついた眼差し、えらの張った五角の顔。稲垣文次郎《もんじろう》という男であった。

千葉周作道場「玄武館」では、かつて要蔵らが四天王と謳《うた》われていた。四人はやがて玄武館を離れ、各々の道に進んだ。以後、四天王の二代目と目される者たちが出てきた。稲垣はその中のひとりで、常々「初代の四天王は弱い」と公言して憚《はばか》らなかった。だが一度として要蔵に勝ったためしがない。

「いい加減、諦めてくれんかのう」

邪魔とまでは言わぬが、正直なところ鬱陶《うっとう》しい。もっとも稲垣は図太く、こういう時には「何をお言いか」と胸を張るのが常であった。

「先生を倒すために、俺は日々研鑽《けんさん》を積んでおるのです。同門の兄弟子ともあろうお方なら、相手をしてくれて然るべきでしょう」

こちらが否とも応とも答えないのに、稲垣は道場の皆に向けて「おうい」と大声を上げた。

「今から先生と俺が手合わせする。すまんが、少し休んでいてくれ」

玄武館の二代目四天王である以上、稲垣とて高名な剣士である。要蔵の門弟たちはそれを重んじ、一礼して板間の隅に控えた。

「まったく、懲《こ》りぬ男よ」

要蔵は念のために胴と面を着け、中央に進んだ。稲垣も持参した防具に身を固め、面を着けながら口を開く。

「ああ、先生。今日はひとり、知り合いを連れて来たのですが。試合を見せてやってよろしいでしょうな」

「玄武館の者か？」

「その伝手ではあります。おい山口《やまぐち》君、入って来たらどうだ」

声の向いた先を見れば、なるほど、入り口近くに若者が佇《たたず》んでいた。一礼した背丈は、軽く見上げるほどである。稲垣にも見劣りしない大男だが、細身でしなやかそうな体つきだった。すっと引き締まった頬、目の上の骨が前に迫《せ》り出した鋭い眼差しに、ただならぬものを感じた。

「山口一《はじめ》です。お見知り置きを」

ひと言だけ挨拶し、末席を選んで腰を下ろす。顔に似合わず、娘のようにかわいらしい声だ。

要蔵は「構わんよ」と穏やかに応じ、稲垣と向き合った。

「いざ」

稲垣が上段に構え、すいすいと足をすべらせて左右に動く。対して要蔵は中段に構え、がに股に大きく足を開いて腰を引き、のそのそと相手を追った。

「い、やっ！」

上段から力の籠《こ》もった一刀が加えられた。力だけではない。隼《はやぶさ》の如き速さである。

要蔵の竹刀が、ふらりと上がった。パン、と猛烈な音が響く。稲垣の面打ちは、あと一寸というところで阻《はば》まれていた。

「何の」

右に回って一撃、次は左から打ち下ろし、ある時は真上から、またある時は斜めに面打ちが加えられる。要蔵の動きは相変わらずもっさりして、すんでのところで防ぐばかりだった。

「そりゃあ」

左前から喉を目掛け、強烈な突きが飛ぶ。面打ちに目を慣らされていた要蔵は構え遅れて、竹刀を大きく動かして受け流すしかなくなった。

「隙あり！」

ここぞ、と稲垣が襲い掛かる。大上段に振りかぶって、両断する勢いで打ち下ろしてきた。

仕留めてやる。その思いによって大きくなり過ぎた動きを、要蔵は見逃さなかった。稲垣の竹刀が振り上げられた刹那《せつな》、それまでの鈍重な動きから一転、身を低く沈めて右前に跳ぶ。そして擦《す》れ違いざま、稲垣の胴を鋭く払った。瞬《また》く間の一本であった。

「相変わらずだのう、おまえさんは」

要蔵は面を外し、自らの得物で稲垣の竹刀をこつこつ叩いた。

「上段の力強さも結構だが、よほど速さを身に付けねば隙ばかり大きい」

稲垣は悔しそうに唸り、面を外した。

「先生も相変わらず、不器用にお強い」

忌々しそうに溜息をつく。そして先の山口一なる若者に、にやりと笑みを向けた。

「どうだ山口君。君も教えを請《こ》うてみては」

「良いのですか」

山口の問いは、そのまま要蔵に向けられていた。幾らか面倒だが、相手をしなければ稲垣が帰ってくれないだろう。

「良かろう。君の流派は？」

「色々です。今は試衛《しえい》館に通っていますが」

聞き覚えがある。ええと、と首を捻って、はたと思い当たった。

「近藤勇《こんどういさみ》君の天然理心《てんねんりしん》流か」

北辰一刀流が防具を着けて竹刀を使うのに対し、天然理心流は小袖と袴のまま木刀で試合をする。実戦に重きを置いた流派であった。

「二年ほど前まで、玄武館に山南敬助《やまなみけいすけ》という奴がおりましてな。それが試衛館に出入りしているのです。山口君の剣は面白いと聞いたもので」

稲垣が、にやにやしながら説明を加える。面白いと「聞いた」と言うが、実のところはどういう戦い方をするか知っているらしい。要蔵は「厭味《いやみ》な奴め」と心中で毒づき、山口に向いた。

「君も防具を着けたが良かろう」

「ない方が動きやすいんですよ」

短く返して一礼し、壁に掛けてある竹刀からひと振りを取る。進み出《い》でる足取りから、研ぎ澄まされた何かが伝わってきた。

「わしは北辰の流儀でやらせてもらうよ。年寄りが怪我でもしては、治りが遅くなる」

面を着け直し、山口と相対する。脇に退いた稲垣が腕組みをしながら「いざ」と声を上げた。

驚いた。

「りゃあ！　えい、やっ、せい！　やっ、やっ、やあっ」

山口の剣は目茶苦茶だった。形《かた》も何も知ったことかと、闇雲に振り回してくる。だが素人ではない。矢継ぎ早に繰り出される一打一打は実に鋭く、一撃でも食らえば気を失いそうである。そして何より、背が粟立《あわだ》つような凄《すご》みに満ちていた。要蔵は目を白黒させながら受け続けた。

「らっ！」

中段から振るわれた山口の竹刀が、消えた。

パン、と響く。脛《すね》打ちであった。あとわずかのところで受け止める。山口の腰から上がお留守になっていた。

要蔵の目が、ぎらりと光った。稲垣には見せなかった「本気」である。いざ、一気に間合いを詰めて一撃を加えん——思った矢先、山口はぎくりとして飛び退き、深々と頭を下げた。

「重い動きと思いきや、隙を捉えて誰よりも速い。噂どおりの剣、勉強になりました」

要蔵の丸くぼってりした体は、生来のものである。それゆえ常なる動きは、あたかも黒雲に身を絡め取られたように鈍重極まりない。しかし、ひとたび相手が喉笛を晒《さら》せば、一転して猛然と咬《か》み掛かる。藩公から「龍の雷雲を纏うが如し」と評される剣風であった。

「俺の負けです」

あっさりと竹刀を引いた山口に、稲垣が怒声を飛ばした。

「おい。君が押していただろう。あと一歩だろうに、どうして負けを認める」

「それが分からねえから、稲垣さんは見せてもらえないんですよ」

「見せてもらえ……。え？」

何をだ、と稲垣が呆気に取られている。山口はそれを捨て置いて、こちらの目に畏怖《いふ》の面持ちを向けた。

と、試合を見ていた大出小一郎が立ち上がって声を荒らげた。

「おい君。負けを認めたのは良しとしても、脛打ちとは卑怯じゃないか」

「剣なんぞ人斬りの道具です。卑怯も何も、ありゃしねえや」

落ち着いた声音を耳に、要蔵は軽く身震いした。この言い分は、剣の真髄を見事に言い表している。

命のやり取りに、守るべき決めごとなどない。形に拘《こだわ》るだけの剣術は、殺し合いの場では糞《くそ》の役にも立たないのだ。自らを鍛え、極め、その力で立ち向かう。山口一の剣と心は、どこまでも実戦に立っている。太刀筋の鋭さからして、相当に鍛錬してきたのだろう。

「小一郎、やめい。天然理心流では、脛打ちも認められておる」

要蔵は一歩、二歩と進んで山口を見上げた。

「良かったら飯野藩に仕官せんか。口を利くくらいは、できるが」

「せっかくですが、一応……御家人の家ですから」

自らを蔑《さげす》むような笑みで、山口は「それに」と続けた。

「噂じゃあ、遠からず浪士組ってのが、できるらしいんで」

山口の向こうに座っていた勝俣が「あ」と声を上げた。

「京を守るのに浪士を使うとか何とか、聞いたことがある。近頃じゃあ、天誅の奴らが都を騒がせているそうだからな」

幕府のやり様、外国との諍いを避けようとする姿勢に異を唱え、尊王と攘夷を過激に叫ぶ者たちがいる。それらは幕府に近しい穏健な者を襲い、斬り殺して「天誅」を標榜《ひょうぼう》した。

そうした折、将軍・家茂が上洛する。孝明天皇から強く攘夷を求められ、致し方なしに出向くものであった。当然ながら、厳重な警護が必須となる。そこで幕府は庄内《しょうない》藩郷士・清河八郎《きよかわはちろう》の献策を容れ、警護役として江戸市中の浪士に白羽の矢を立てた。これが年末にかけて募《つの》られ、来年の早いうちに、将軍に先んじて京に上る。

もっとも浪士組には、将軍警護とは別の狙いがあった。京の動乱は遠く江戸にも及んでおり、昨今では何かと騒がしい。幕府のお膝元に不逞《ふてい》の輩が蔓延《はびこ》らぬよう、浪士を追い払おうというのである。加えて、物騒な場に大事な幕臣を差し向けぬための策でもあった。

厄介払いをした上で、後腐れのない命を体良く使い、あわよくば京の騒乱をも鎮められたら最善——要蔵は藩主・正益から浪士組のあらましを聞いていた。目の前の山口が参加を望んでいると知ると、一抹の不安を覚える。

「だが山口君、御家人の家柄で浪士組もなかろう」

「まあ、そうなんですがね」

勝俣の呆れ声に、山口は笑みを以て答えた。綻《ほころ》んだその頬に、要蔵は、ひやりとするものを嗅《か》ぎ取った。この若者は、やはり本物の斬り合いを欲しているのだ。そう察し、努めて声を落ち着けた。

「……まあ、わしゃ口を挟む立場ではないからな。だが山口君、くれぐれも気を付けろよ」

「忠言、痛み入ります」

要蔵は幾度か頷き、ちらと勝俣に目を向けた。来月には、勝俣も藩公と共に大坂詰めとなる。京のすぐ隣、大坂でも騒動は同じだろう。弟子の身を案じると、面持ちはどうしても渋くなった。

二　創られた危機

品川《しながわ》の湊《みなと》を出てしばらく、御用船は江戸湾の中央に至る。文久三年（一八六三）六月の初旬、梅雨の晴れ間に出た船であった。時期が時期だけに、屋形の中で日を避けていても酷く蒸し暑い。少し涼を得ようと、要蔵は屋根の外に出て海風を胸に満たしていた。

「おっとと」

急にぐらりと揺れ、腰から上が波の上に傾いた。静かな内海も、沖に出れば浜辺のようにはいかない。船縁《ふなべり》の垣立《かきたつ》を摑《つか》んで堪《こら》え、身を元に戻して「やれやれ」と屋形に戻ろうとする。

「ん？」

板屋根の遠く向こうに奇妙な船が見えた。船足は速く、また真っ黒に塗られていた。横浜《よこはま》村の湊から出て来たらしいが、米国か英国の商船だろうか。

「いや……違うな」

船が黒いのは、米国の船と同じく乾留液《かんりゅうえき》――向こうの言葉ではタールと言うらしい――を塗っているからだろう。だが船の形は底の平《ひら》たい和船そのものであった。

「おい。ありゃ何石の船だ」

おかしな船を指差しつつ、帆を操る船頭に声をかけた。船頭は「へえ」と応じてそちらを一瞥《いちべつ》し、首を傾げながら返す。

「これと同じ、五百石じゃねえですかね。けど、御公儀のとは違うようで」

要蔵は「はは」と笑った。

「まあ、外国との商いも盛んになったからのう」

のんびりと返すも、胸の内は違った。見遣《みや》る奇異な船は帆だけがやけに新しい。黒く塗って異国船になりすまし、家紋入りの帆を掛け替えたのだろう。かつて野間が「薩摩は抜け荷をやっている」と言っていたが、どうやら当たりのようだ。

「白昼堂々か」

要蔵は口の中で呟き、屋形の日陰に潜り込んだ。強訴を通してからというもの、薩摩は天狗《てんぐ》になっているのかも知れない。ごろりと筵《むしろ》に身を横たえて、悪いことが起きねば良いのだが、と浮かぬ気持ちを持て余した。

御用船は昼餉を前に木更津《きさらづ》に到着した。要蔵は馬を曳《ひ》いて湊へ下り、よっこらしょ、と跨《また が》って闊歩《かっぽ》させる。藩庁の飯野陣屋までは概ね一里半（一里は約四キロメートル）で、馬を小走りに進めれば長くはかからない。ゆったりと流れる景色を楽しみながら進むと、彼方まで広がる田圃《たんぼ》に若い苗がぽつぽつと映えていた。

しばし行くと、田畑の向こうに富津《ふっつ》の岬が見えた。正面から右奥に向けて、背の低そうな木立を伴って長く延びている。その辺りで道を左手に逸《そ》れ、畦道《あぜみち》を進んだ先に一軒の造り酒屋があった。間口は然《さ》して広くなく、馬を横付けにすれば塞《ふさ》がってしまう。帰藩の際はここを訪ねて一夜の宿を頼み、翌日に陣屋で剣の指南をするのが常であった。

「ただいま、戻りましたよ」

声をかけると、藍色に白く「こう屋」と染め抜かれた暖簾《のれん》をひょいと分け、愛らしい丸顔が出て来た。

「先生だ。お帰りなさい。お墓には、もう？」

この店の娘、お竹《たけ》である。赤子の頃から見てきた子だが、当年取って十三になった。

「いや、これからだ。また後で邪魔するよ」

要蔵は軽く手を振って馬を進め、しばらく行った先の小さな寺を目指した。参道は馬がやっと擦れ違えるくらい狭いもので、右脇に檀家《だんか》の墓がいくつも並んでいる。馬を下りてそれらの中に歩を進め、膝丈ほどの粗末な墓石の前に立つ。ここには、お竹の父が眠っていた。

しゃがみ込んで手を合わせると、要蔵は軽く溜息をついた。

「なあ余一《よいち》さん。世の中、このまま物騒になっちまうのかねえ。勤皇だの攘夷だの、幕府にゃ任せておけんだの、どいつもこいつも勝手放題に騒いどるよ。御公儀は、決して間違ったことをしちゃいないんだがな」

またひとつ短い息をつき、腰の刀に軽く手を当てる。思い起こすのは大坂詰めとなった一番弟子・勝俣乙吉郎の明朗な顔、そして昨年の八月に会った山口一であった。

「そんなことより、わしゃ若い者が危ない目に遭わんで、笑っていられる方が嬉しいよ。こんなもの、使わんに越したことはない」

山口は「剣は人斬りの道具だ」と言ったが、いみじくも若者たちが斬り合いに明け暮れる日が来てしまった。薩摩の強訴と生麦での異人殺しに始まり、京に「天誅」の者共が跋扈《ばっこ》して、世は一気に騒乱に向かっている。

「まあ……弟子が身を守れるように、教えてやるしかできんわな」

要蔵は静かに立ち上がり、墓石に軽く頭を下げて立ち去った。

こう屋に戻ると、お竹とその兄・余三太《よさんた》に江戸の話をあれこれ聞かせる。要蔵は一斗樽《いっとだる》を傍らに置き、一合桝《いちごうます》で汲んでは呑み、呑んでは汲みを繰り返した。

少しすると、店で働く若者が恵比寿顔を見せた。

「先生、陣屋にお酒、届けて来ましたよ。帰るたびに、ありがとうございます」

「なあに。死んだ余一さんには恩があるからな」

十数年前、飯野藩に剣術指南の口があると、こう屋の先代に教えてもらった。これによって要蔵は仕官を果たし、江戸に道場を構えることも免許されていた。

しばらく呑んでいるうちに、お竹は夕餉の支度に、余三太は店先の掃除に立った。子らの相手も楽しいが、ひとりで呑むのも嫌いではない。樽が半分ほど空いた頃、肴《さかな》に摘《つま》んでいた煮穴子がなくなった。

「おうい」

声を上げるも返事がない。商いをしている以上、己ひとりに関わってばかりもいられないのだろう。だが酒が進めば旨い肴が欲しくなるのは呑兵衛の常、特に富津湊に揚がる穴子は格別である。いつも二尾を食うとあって、支度はしてくれているはずだが。

仕方ない、受け取りに行くかと腰を上げた。勝手を知った店の中、廊下を進んで薄暗い台所に足を運ぶ。人影はなく、左手に見える勝手口の外で話し声がしていた。要蔵は半ば千鳥足でそちらに向かい、ひょっこりと顔だけ外に出した。

「おい。穴子……」

「誰が穴子だ」

覗《のぞ》かせた酒面のすぐ前に、いささか間の抜けた顔がある。飯野藩国家老、樋口盛秀《ひぐちもりひで》であった。きょろりと小さな丸い目に平たく厚い唇、穴子に似た面立ちは当人も気にしている。樋口の後ろには余三太がいて、おかしそうに「お取次ぎの手間が省けました」と笑っていた。

「これは失礼を」

幾らか呂律《ろれつ》が回らぬながら、とりあえず詫びる。樋口は呆れたように肩の力を抜いた。

「陣屋に酒が届いたから、お主が戻ったのだろうと待っておったのに。いつまでも来ぬとは」

「とは仰せられますが、指南はいつも翌朝一番からと決まっておりますでな」

「ちと、話があるのだ」

樋口の穴子面が、ぐっと苦くなる。だが徒《ただ》ならぬ気配を湛えているとあって、笑う気にはなれなかった。要蔵は両手で挟むように自らの頬を張った。

「ここでは話し辛いことですか。余三太、すまんが馬を頼む」

こう屋から少し東に進めば、藩の下士の住まいがいくつも建ち並んでいる。生垣や土壁で区切られた家々は狭く、どれも四畳半が二つか三つと思《おぼ》しき佇まいであった。樋口と共にその間を進み、飯野陣屋に辿り着いた。

陣屋とは言いつつ、かなり広い。周囲は十二、三町(一町は約百九メートル)もあり、堀が巡らされている。堀は形ばかりのもので、若者ならひと息に飛び越えられるだろう幅でしかない。だが越えた先には胸までの土塁があり、木々や竹などが密に生えていて、これを越えるのは容易ではなかろう。一国一城の決まりゆえ、飯野のような小藩は城を構えられないが、いざ騒乱があれば陣城として使えるくらいの構えではあった。

堀に渡された土橋を越え、陣屋の内に入る。三之丸には上士の屋敷、叩き固められた土の道が緩やかにその間を縫っている。二之丸には重臣の邸宅が並び、そこには要蔵の屋敷もあった。

「あ、父上」

「お爺《じい》さん、遅いですよ」

屋敷の門から声をかけたのは、要蔵の娘・ふゆ、そして次男の虎雄《とらお》であった。

「樋口様、申し訳ありません。お爺さんは、いつもこうでして」

虎雄は要蔵が四十三の時に生まれた子で、当年取って十一歳である。歳が離れているせいか、父をつかまえて「お爺さん」と呼んだ。樋口はそれがおかしいらしく、笑いを堪えながら「構わんよ」と応じた。

「こう屋にいるのは、分かりきっていたからな。其方《そのほう》らにも手間を取らせて済まなんだ」

念のため、先んじてこの屋敷を訪れていたらしい。樋口は「さあ」と促し、馬を闊歩させた。

二之丸と本丸の間には小さな社《やしろ》があり、その脇から門に向けて、ゆったり這《は》う蛇のような道が延びている。両脇の木々には若葉が茂り、夕暮れの日を遮っていた。前を行く樋口の背に陰が差して見えるのは、木立の暗さだけが理由ではなかろう。どうやら相当に重苦しい話なのだと想像が付いた。

神社前の門を抜け、突き当たりの追手門まで貫かれた道を進む。その道のちょうど中間、右手に藩主の屋敷はあった。要蔵はそこに導かれ、十畳敷きの一室で樋口と膝を詰めた。

「さて。困りごとは何でしょう」

「さすがに分かっておるな。なら手短に申す。向こう何年か、永坂の道場を閉めてもらうかも知れん」

「それは？」

樋口は腕を組み、さも腹立たしげに「実はな」と切り出した。

「長州が異国船に大筒を放ちおった。無論、負けたが」

要蔵は強く眉根を寄せ、目を見開いた。

「左様な無体を、公方様がお命じになられたのですか」

「違う。もっと上だ」

「まさか、天子様が」

力なく頷く樋口の面持ちに、苦渋が滲《にじ》み出ていた。

ひと月ほど前の五月十日、長州藩は下関《しものせき》を通る異国の商船に大砲を放った。孝明天皇から幕府に攘夷の勅が下され、その上での凶行であった。

諸外国と日本の間には大きな力の差があり、戦っても勝ち目などない。だからこそ幕府は戦を避けるべく奔走し、互いの無法を戒《いまし》めるべく条約を結んだのだ。此度《こたび》の勅とて受けたのは形ばかり、あれこれ理由を付けて有耶無耶《うやむや》にする肚《はら》だったという。

しかし、と樋口は嘆いた。

「禁裏には禁裏で、御公儀以上に面倒な駆け引きがある」

人が集まれば、必ず権力の争いが生まれる。朝廷に於いて、身分の上下による差は武家の比ではなかった。下に置かれる公家衆にとっては、何よりも欲しいのが権力であり、それを手に入れるためなら手段を選ばない。天皇の意思が攘夷にあるのを良いことに、尻馬に乗って声高に「夷《い》狄《てき》討つべし」を唱える者は後を絶たないのだという。

「そういう方々が、これぞ好機と色めき立った。長州もな、藩の論を攘夷に変えてまで天子様の気を引こうとしたのに、薩摩の強訴が禁裏や御公儀を動かしたことで焦っておった。双方が手を組んだのよ」

「愚かな」

要蔵は固く目を瞑《つむ》った。

欧米諸国は日本に開国を迫る前、海の向こうの清《しん》帝国を蹂躙《じゅうりん》していた。だが藩主・保科正益から聞かされた諸々を思えば、日本に同じ無法を働く気はなかったと言える。ペリー提督の来航以来、幕府の対応が優れていたからだ。

黒船来航の折、海防を担う浦賀奉行所は「日本の法度を守るように」と厳重に抗議した。欧米の言う万国公法に、個々の国の法を破れない決まりがあると知っていたからだ。結局のところ、日本の法が守られたとは言い難い。しかし最初の毅《き》然《ぜん》とした応対ひとつで、列国は日本という最果ての国に一目置いた。

条約の交渉に於いても、譲れないところは突っ撥《ぱ》ねてきた。領事裁判権――外国人が日本の法度を犯した時、或《ある》いは日本人との間に揉めごとが起きた時に、相手側に裁きを委ねるという不公平な取り決めこそ認めてしまった。だが一方で、外国人の通行と通商が認められる範囲を狭く定めさせるという、大きな成果も上げていた。国内の商人を見ても明白なとおり、力の違い過ぎる二者が商いに及ぶ場合、弱い方はどうしても奪われる一方になってしまう。外国人の通行と通商に嵌《は》められた枷《かせ》は、日本の商人や職人を守る楯《たて》であった。

粘り強い交渉を通じ、欧米の側も「日本は清国のようにはいかない」と認め、法に則《のっと》って付き合う気になっていた。然るに長州が無体を働き、日本の側から法を破る形を作ってしまった。

「御公儀は長州をどうなさるのです。大坂の殿からは何と？」

樋口は穴子のような唇を苦悶《くもん》に歪め、額に手を当てた。

「攘夷の勅があるからな。長州を裁くことはできぬと」

狡猾《こうかつ》である。幕府から追及されぬ裏付けがあってこそ、異国船に仕掛けたのだ。長州とて、戦って勝てるとは露ほども思っていなかったろう。昨年七月まで盛んに開国を叫んでいた以上、彼我の差は知り抜いていたはずだ。

要蔵は腰に下げた瓢簞《ひょうたん》の栓を抜き、がぶがぶと酒を呷《あお》った。

「できる、できぬの話ではないでしょう。長州をきちんと裁かねば異国に示しが付きません。それを以て、奴らがこの国を潰《つぶ》しに掛かってもおかしくないのですぞ」

日本には、隣国・清のような危難は迫っていなかった。皆無とは言えぬまでも、これまでのやり方で十分に食い止められた。必要なのは攘夷ではなかったのだ。

しかし、これからは違う。たったひとつの蛮行《ばんこう》によって、なかったはずの危機が捻り出されてしまった。この先、長州は声高に唱えるだろう。必要なのは攘夷であり、攘夷を行なった我々こそが日本を動かすべきなのだと。

「長州も公家衆も、国の益を損なって欲を満たしたようなものでしょう。左様につまらん話のせいで日本の先行きが真っ暗になるなど……若い者を大勢抱える身として、認められません」

噛み付かんばかりの勢いで捲《まく》し立てる。樋口は困り顔で「まあ待て」と応じた。

「御公儀も無策ではない。向こうがその気なら、こちらも策を講ずるまでだ」

そして声をひそめた。長州が軽く捻られた顛末《てんまつ》を知り、孝明天皇も幾らか悔いているという。強硬に攘夷を唱える公家衆が勢い付き、横暴に振る舞い始めたことも疎んじているらしい。

「薩摩とて、禁裏を握られて黙っている気はあるまい。御公儀はこれに目を付けておられる。いずれ薩摩の手も借りて禁裏から長州を締め出し、その上で征伐《せいばつ》すべしと。然らば、しばし大坂が御公儀の本陣となろう。殿からも、上方詰めが長くなると書状があった。もうひとつ。殿は、関東でも尊攘の奴輩《しゃつばら》が騒ぎ出しかねんと憂《うれ》えておられてな。そこで、お主だ」

「……国許《くにもと》におれ、と？」

「何か起きた折、森要蔵の名があれば兵は奮い立つ。飯野に詰めるか、そうでなくとも、いつでも戻れるようにして欲しい」

最初に聞いた「道場を閉めてもらうかも」の理由が知れた。要蔵は面持ち厳しく頷いた。

「分かりました。いずれ道場は、いったん閉めるとしましょう。かと言って、今すぐ弟子を放り出す訳にもいきません。当座は飯野におる日を増やし、そうでない時には交代で、必ず誰かを寄越します」

「すまんが、たのむ。道場の実入りが減る分については、できるだけ藩の方で何とかする」

右後ろの遠くから寺の鐘が届く。戌《いぬ》の刻（二十時）を過ぎたらしい。ずいぶんと長く話し込んでいたようだ。樋口が明日の朝一番を待てず、こう屋を訪れたのも当然であったか。向かい合う人の苦悩を察すると、憤然とした気持ちのままでは申し訳なく思えて、小さく息が漏れた。

「ご家老も気苦労が絶えんようですな。どうです」

瓢箪を差し出してやると、樋口はひと口を呑んで、少しばかり安堵したような目を見せた。

＊

文久三年も年の瀬となったある夜、要蔵は飯野陣屋二之丸の屋敷にあって、夜更けまで酒を呑んでいた。

「父上、ほどほどにして早くお休みください。ご出陣のために戻られたのでしょう」

娘・ふゆに苦言を呈され、傍らの樽を見た。既にひとつが空きそうであった。

「そう申すな。出陣は年明けゆえ、少しばかり過ごしても構わんだろう」

「お体を壊しては、ご奉公もできないと申し上げているんです。お歳なんですからね」

「やれやれ……年増は口数が多くて、いかんわい」

呟くと、ふゆは目を吊り上げて、要蔵の手から桝を奪い取った。

「年増とは何ですか。まだ二十歳《はたち》です」

怒った顔が、死んだ妻によく似ていた。幾らか彫りが深く、目鼻立ちがはっきりとしている。それなりに美しいと思うのは、父の贔屓目《ひいきめ》だろうか。己とは似ても似付かぬ華奢な体つきを見ていると、守ってやりたいという気持ちになる。

「なあ、ふゆ。そろそろ嫁に行き直したらどうだ」

すると、吊り上がっていた目尻が寂しげに下がった。

「そのお話は、またにしてください」

「前の夫に死に別れて二年だ。もう良かろう。乙吉など、どうだろうな」

「乙吉さんは、殿に従って大坂詰めじゃありませんか」

夫に死なれた傷は癒えていないようだが、勝俣を嫌ってはいないらしい。わずかに和らいだ娘の顔を見て、要蔵は「はは」と笑った。

「いつまでも大坂詰めが続く訳でもあるまい。そうだな、年明けの出陣から帰ったら、わしから乙吉に頼んでみよう」

「浮かれたことを仰っていると、討ち死にしますよ。攘夷の人たちは元々が乱暴な上に、だいぶ怒っているそうじゃありませんか」

要蔵は、ふゆの手から枡を取り返した。

「奴らが怒っておるのは逆恨みだ。左様な不心得者に負けはせんわい」

「それでも今宵は、もうお休みください」

ふゆは再び枡を奪い、下がって行った。足音を聞きながら、ごろりと横になって目を瞑る。

「真忠組《しんちゅう》……か。何が真の忠じゃ。馬鹿たれ共め」

年明け一月十七日を以て、尊攘派の叛乱を討伐に向かう。真忠組とは、上総で暴れ回る者共の名乗りであった。

長州が下関で無法を働き、度を越した攘夷論が朝廷を席巻してから半年である。その間、幕府の動きは実に速かった。下関の事変からわずか三ヵ月後の八月十八日、親藩《しんぱん》の会津に加えて薩摩藩の手も借り、長州と攘夷論の公家衆を京から追い出している。

これが世を鎮める第一歩のはずだった。が、攘夷派はかえって頑なになり、激昂した。

「奴らは、何も分かっとりゃせんのだ」

ぼやいて、寝そべったまま身を横に転がした。三度転がった先に蒲団が敷かれている。暗い天井を仰いで、げふ、と噯気《おくび》を吐き出した。

「もっとも、分かっておるから良いとも言えんか。好雄の奴も、熱くなり過ぎとったしな」

野間は、薩摩のせいで攘夷派に暴れる口実を与えてしまったのだと憤慨していた。

なるほど、長州締め出しに薩摩の手を借りたのは幕府の失態と言えなくもない。政変の概ね一ヵ月前、薩摩が英国と戦に及んでいたからだ。

生麦事件――薩摩藩兵が英国人を斬り殺した一件に際し、英国は下手人の引き渡しを求めた。理の当然で言えば聞き容れるべきだったろう。しかし相手には領事裁判権がある。求めに応じるのは、問答無用の処刑を認めるに他ならない。薩摩はそれを嫌い、英国に大砲を向けた。そして英国軍艦の反撃を受け、町の大半を焼かれて惨敗した。

攘夷派にとっては、薩英戦争も下関の事変も同じに見えたのではなかろうか。どうして薩摩が良い思いをして、攘夷の先鞭《せんべん》を切った長州だけが割を食うのか。その憤りゆえに暴れているのだという野間の論には、頷けるところもある。

「だが……それではいかん。わしが土浦藩を出た時の、二の舞になってしまうぞ」

思い出すのは、十八年も前のできごとであった。

「――何度でも申す。土浦の隠居は御目付に鼻薬を嗅がせ、罪を逃れたのだ。斯様な不正を許しておっては、御公儀は腐ってしまう」

着流しに黒の羽織姿が、顔を真っ赤にして口角泡を飛ばす。要蔵も負けずに論を尽くした。

「其許《そこもと》は土浦の藩士ではなく、確かなことは何も知らんではないか。なのに、どうして賂《まいない》があったと決め付ける。下衆《げす》の勘繰りと申すものだ」

「勘繰られて仕方のない話ではないか」

「其許の如き曲がった心根で思う正義など、嘘でしかない」

御茶《おちゃ》ノ水《みず》の土浦藩上屋敷で剣術指南を終え、深川《ふかがわ》の下屋敷に帰る途上であった。隅田川《すみだがわ》に架かる大橋の袂《たもと》で、旗本か御家人か、声高に話している数人に出くわした。男たちは土浦藩先代・土屋彦直《つちややよしなお》に纏《まつ》わる不行状の噂をあげつらい、叩ける者は死ぬまで叩けという勢いだった。

要蔵は彦直が住まう下屋敷詰めだった。先代が町雀の口の端に謗《そし》られるような人物でないことは良く知っている。男たちの論は放言に他ならない。肚に据えかねて「聞き捨てならぬ」と咎めた。

そして、こういう無駄な議論になっている。往来では人の迷惑だと河原に下りて来たが、橋の袂には次第に野次馬が群がり、わざわざ下りた甲斐もなくなってしまった。

「心根が曲がっておるのは土浦の隠居だろう。目も見えん身が淫情《いんじょう》に駆られ、女中に手を付けた挙句、殺して捨てるとは。人の世の鬼ではないか」

「何度言っても分からん奴め。それとて何の証もないと申すに、どこまで愚弄《ぐろう》する。痩《や》せても枯れても大名家の隠居に、斯様な無礼が許されると思うか」

男は「ふふん」と鼻で笑った。

「土浦の女中が川に浮かんでおった。しかも、それは隠居殿のお気に入りだったそうな。これ以上の証があるものか。そも、大名なら大名らしい行ないがある。隠居殿が当主だった頃の洪水を忘れたとは言わさんぞ」

男が槍玉に上げたのは、天保《てんぽう》七年（一八三六）に土浦藩を襲った大水害である。これによって土浦は飢饉《ききん》となり、藩の実入りも大きく減って困窮《こんきゅう》していた。

「我が屋敷に近い長屋に、土浦からの流れ者があった。聞けば、藩は百姓の暮らしを顧《かえり》みずに年貢を毟《むし》り取ったそうな」

言うにこと欠いて——要蔵の胸に猛烈な熱が渦を巻いた。

「不埒者《ふらちもの》めが！　良いか。知らぬようだから教えてやる。如何なる時でも年貢を定免《じょうめん》するのは、八代様の頃からの決めごとだ」

武士の身で年貢の定免を知らぬ者などいない。愚弄には愚弄で痛烈に返し、要蔵は立て板に水の勢いで捲し立てた。

「如何なる年でも決まった年貢を召し上げる以上、豊作なら百姓は潤うようにできておる。それに飢饉の時には、どこの藩にも逃げ出す領民はあるものだ。世の常から都合良く目を逸らして領主が悪いと唱えるなど、どこまで見下げ果てた根性か。上に立つ者だとて、人は人でしかないのだぞ。何もかも意のままに操れる神ではない。其許は人として腐っておる。上には神であれと無理を強い、自らの身には何の慎むところもない。だから論にも芯がなく、定かならざる勘繰りで自らを騙《だま》しているのではないか。斯様なものを、蒙昧《もうまい》のたわ言と申す」

舌鋒鋭く斬り込む姿に気後れしたのか、相手の男はしどろもどろに言い返した。

「ならば、彦直の目が潰れたのは如何なる訳か。修身を疎《おろそ》かにする者には、それなりの報いがある。これぞ天罰――」

「この、糞たわけが！」

要蔵は血気に任せて一喝した。

「大殿は領民のために、それこそ身を粉《こ》になされた。洪水の時とて、泥に埋もれた庄屋の家を片付けるべく出向いて、藩士の先に立って手ずから働いておられた。斯様に慈悲深いお方を捉《つか》まえて、何も知らぬ盆暗《ぼんくら》が訳知り顔で語るとは。それこそ天道を恐れぬ行ないだ。天罰はやがて、其許が身の上に降り掛かるであろう」

「いや！　庄屋だけに慈悲を垂れるなど、つまりは年貢のことしか頭にない証ぞ」

「だから其許は愚昧だと申す。庄屋が何もできなければ、その下にある百姓にも手を差し伸べられまい。そも大殿が目に病を抱えたのは、その時の片付けで目に泥が入ったのが元なのだ」

要蔵は齢三十五、相手は三十の少し手前と見える。互いの若さゆえか、熱くなり過ぎた論はどこまでも交わる気配がない。だが、ここで退《ひ》けるものかと、なお胸を張った。

「今一度言う。彦直翁《おう》への愚弄を取り下げよ。さすれば其許を許してやる」

すると相手は、ぎり、と歯軋《はぎし》りして怒鳴り散らし、ついに腰のものを抜いた。

「恥ずべき主を頂いた身が、この俺を許すだと？　ふざけるな！　俺は断じて間違っておらん。うぬこそ非を認め、土下座して謝れ」

「断る。謝らねばならんことを、俺はしていない」

「おのれ……かくなる上は、斬り捨ててくれる」

激昂した男は、問答無用で挑み掛かって来た。玄武館四天王・森要蔵と知らぬようであった。上段から袈裟懸《けさが》けの一刀、次いで下段から斬り上げ、正面からの打ち下ろし——どこの流派かは知らぬが、何の凄みもない。道場そのままの、形にばかり拘った鈍《なまくら》の太刀筋だった。これを避けるくらい、要蔵には訳のない話であった。

「そら！　どうした。逃げるばかりか」

全てを軽々と避けられているのに、男は執拗に刀を振り回している。

致し方ない。要蔵は素早く身を翻《ひるがえ》して相手の右に回り、居合の一撃で脇腹を掻き斬った。

「あ、び……ぎゃ、あああああああ！」

途端、男は情けなく叫んだ。

「軽く肉を斬っただけだ。命を落としはせん」

苦い思いを味わいながら、刀を収めて踵を返す。その背に泣き声が飛んで来た。

「ど、何処へ。医者、医者を！」

「医者なら其許の仲間に頼め。俺は奉行所に出向かねばならん」

斬捨御免——耐え難い無礼を受けた武士は、相手を斬ることが許される。しかし刀を振るった後は速やかに届け出で、また相手の無礼を証立てる必要があった。

幸い、橋の袂に野次馬が陣取っていた。それらの数人による証言で、要蔵の刃傷沙汰《にんじょうざた》には十分な事情があったと認められた。

もっとも、全くお咎めがない訳ではない。如何なる理由であれ、人ひとりを斬ったのだ。要蔵は藩の下屋敷に戻され、一ヵ月の謹慎を命じられた。

「森。おるか」

締め切った部屋で俯《うつむ》いていると、外から呼びかけられた。穏やかな塩辛声は、先代藩主・彦直である。要蔵は飛び上がらんばかりに驚き、急いで障子を開けた。

彦直は盲《めし》いた目を虚《うつ》ろに泳がせながら、ひとり佇んでいた。壁伝いに歩いて来たのだろうか。

「大殿……。謹慎中の身を訪ねて、御自ら出向かれるなど」

「構わんよ。ちと座らせてくれまいか」

要蔵は彦直の手を取り、畳の上に導いて腰を下ろさせた。

「其方の謹慎も明日で解ける。此度《こたび》は大変であったな」

労《いた》わる言葉を耳にすると、胸には「申し訳ない」の気持ちだけが満ちた。要蔵は部屋の隅まで下がって平伏した。

「大殿にも、殿にも、ご迷惑をおかけいたしました。謹慎が解けた後、首を献じる覚悟はできております」

「いや。其方が悪いのではない」

驚いて顔を上げれば、光を失った目が優しげに笑みを浮かべ、宙を見ていた。

「其方は、わしの名を損なうまいと懸命になったのみ。されどな……全ては、我が不徳の致すところと申すしかないのだ」

「え？　まさか」

彦直は寂しげに「はは」と笑った。

「いやいや。お志麻《しま》には手を付けてなどおらぬ」

三ヵ月ほど前、土浦藩下屋敷に奉公していた女中・志麻が殺され、川に捨てられた。大名家の騒動ゆえ目付の調べが入ったものの、仔細《しさい》は明らかにされず、有耶無耶に済まされた。何があったのかは、藩士たちには知らされなかった。藩の上役から「土屋家には何の後ろめたいところもない」と伝えられたのみである。

だが世間は口さがない。お志麻は彦直の手付きとなって、これに嫉妬した正室・充子《みつこ》に殺されたのだと噂になった。下手人が捕まらないのも、土浦藩が目付に山ほどの付け届けを贈ったからだと。

巷間《こうかん》に囁《ささや》かれる声が耳に入れば、藩士たちの心も揺れ動く。要蔵が行きずりの武士と議論に及んだのも、主家には何も恥じるところなどないと信じたいがゆえであった。

そして今、当人の口からはっきりと聞いた。胸のつかえが下りて、大きく息をついた。

「然らば、大殿の不徳などではないでしょう」

「いや。死ぬべきでない者が命を落としたのは、やはり我が不徳である」

それは如何なることなのか。眼差しで問うも、彦直の目には映っていない。だが気配や息遣いで伝わったのだろう。ぽつぽつと、女中殺しの裏側が語られ始めた。

「お志麻には、かわいそうなことをした。殺《あや》めたのは……羽黒《はぐろ》でな」

彦直正室・充子付きの、侍女の名であった。土浦藩の、家老一族の娘である。

女中殺しは、ただの勘違いがひとり歩きした顛末なのだと、彦直は語った。

志麻は商人の娘であり、目の見えない彦直の世話をするため、藩の下屋敷に奉公に上がった身である。気立てが良く、気配りも細やかで、甲斐甲斐しく働く娘だった。彦直は志麻を我が子の如く思っていたという。

「どこに行くにも、お志麻に手を引いてもらった。が……ある晩、厠《かわや》から戻ったところで転んでしまってな。見えぬというのは忌々しいものだ」

ほんの少し敷居に躓いたのだという。転げた彦直は、志麻を腹の下に敷く格好になった。闇の中で何かに摑まろうとした弾みで、娘の襟元が大きくはだけていた。

彦直は自らを嘲《あざけ》るように、小さく頰を歪めた。

「お志麻も驚いて、叫んでな。ああ、乳を放り出したからではないぞ。あくまで、わしが転げたことにだ」

この様子を、他の女中が見ていたらしい。数日もすると、女中たちの間で「お志麻は大殿のお手付き」と囁かれ始める。

そして彦直の正室、充子の耳に入った。彦直がかわいがっていた女中だからこそ、充子は噂を真実と受け取ってしまった。充子の悲しい胸中を慮《おもんぱか》り、侍女・羽黒は自らの手を血に汚した。

「大名家の女中とは申せ、お志麻は町人の娘だ。それが殺められたとて、御目付は調べに身が入らなんだのだろう。わしは水戸家からの入婿《いりむこ》ゆえ……御三家への遠慮も、あったに違いない」

ひととおりを聞き、要蔵は奥歯を嚙み締めた。

「どうして、まことの話を明かされないのです」

彦直は見えない目を泳がせ、ゆっくりと頭《かぶり》を振った。

「確かに羽黒は過ちを犯した。だが、それとて充子を思う誠の心ゆえだ。ことの起こり……屋敷の中につまらぬ噂が立ったのも、わしが不甲斐ないからであろう。それを思うとな。世間が飽きてくれるまで、この老骨が蔑まれてやるつもりだった」

要蔵は、言い合いの末に斬ってしまった男を思い、心中に大きく叫んだ。それ見たことか。土浦先代・土屋彦直は、これほど清らかなお方なのだ。皆のために己が身を捨てたのだ！

その思いは、滂沱《ぼうだ》の涙となって現れた。

「人の噂も七十五日と申すに……斬り合いに及んで蒸し返してしまうとは。あの男の愚弄を聞き流していれば良かったものを。是非を論じようとしなければ！」

「初めに申したろう。其方のせいではない」

「いいえ。この上はやはり俺を罰して、御当家の面目を保ってくだされませ。世間を騒がせた者が咎められずにおれば、またぞろ藩への風当たりが強くなりましょう」

彦直は困ったように眉をひそめ、何もなかったと思って仕えるように言ってくれた。しかし若い要蔵は自らを許せず、如何にしても罰を受けると言って聞かなかった。

「これ以上、俺のせいで土屋家に泥を塗る訳にはいかんのです。どうか罰を」

「……気は変わらんか。致し方ない」

彦直は居住まいを正し、厳《おごそ》かに発した。

「土浦藩剣術指南役、森要蔵。刃傷沙汰に及んだ軽挙は切腹申し付けるに値するものなれど、これまでの働きに免じて罪一等を減じる。お上より下されし謹慎の沙汰が解け次第、暇《ひま》を与えるものとする」

「……はっ。ありがたきご配慮にございます」

そして彦直は、ふらりと立った。要蔵は慌ててその手を取り、廊下へと導く。

「お部屋まで」

「いや。其方は謹慎の身ゆえ、ここまでで良い。手探りで来られたのだしな」

「されど」

懸念の声を向けるも、ゆったりと頭を振って返された。

「其方、今日より名を変えよ。小林誠之介《こばやしせいのすけ》で構わんか」

「は？」

「玄武館四天王が人を斬って暇を出されたのでは、肩身が狭かろう。土浦藩は森要蔵ではなく、小林誠之介に暇を出す。それから、次に仕官する先では此度の話をするな。酒を呑み過ぎて、わしの供をする役目に遅れたから、とでも言っておくと良い」

要蔵は「嗚呼《ああ》」と嘆息した。この人は、やはり君子なのだ。

「さらばだ、森。お主がわしを思うてくれた心根を、誠と申す。生涯、持ち続けよ」

左手で壁伝いに去る姿が、涙に滲んで見えなくなった。


——土屋彦直と交わした言葉は、この胸にずっと生きている。要蔵はむくりと身を起こし、着物の袖で目元を拭った。

「……十八年前か。昨日のことのようだ」

呟いて思うのは、先と同じ、野間好雄の顔であった。

野間は薩摩を嫌い、攘夷論者の理不尽に憤っている。だからであろう、真忠組征伐の下知があった時、門弟の中で最も鼻息が荒かった。自らもぜひ出陣し、阿呆共を斬り捨ててやるのだと。

危うい、と身が震える思いがした。怒りや憎しみ、恨みで人を斬るなど、暴れ回っている者たちと何ら変わりない。若き日に刃傷沙汰を起こした己も、相手の男も、そういう馬鹿者だった。若者はいつも一途で、何かに目を奪われると他が見えなくなる。

自らの論に頑なになり、つまらぬ顚末を迎えてはならない。身を以て知るからこそ、弟子の前では難しい話を避けてきた。此度も同じである。熱くなり過ぎた野間を、じわりと冷ましてやらねばならぬ、それこそ己が役目だと思えた。

かくて野間には「一本取れたら連れて行ってやる」と言い、試合稽古を付けて、散々に打ちのめした。そして「頭に血が上っては剣に隙ができる」と方便を言い、道場に残して来た。

「なあ好雄。おまえは分別のある奴だ。きっと分かってくれるだろう。だからな……わしのように酒でも呑んで、ゆるりと」

ひとりでに漏れた溜息は熱く、この上なく酒臭かった。自ら分かるほど過ごしていたとは。娘に厳しく止められたのにも頷ける。

「酒でも呑んで……は余計か」

少し慎もうか。そう思うのも何度めだろう。都度、なかったことにしてきている。やれやれと苦笑して再び床に身を横たえ、眠ろうと目を瞑った。

＊

飯野で年を越し、文久四年（一八六四）を迎えた。そして一月十七日、要蔵は飯野藩兵を率いて出陣した。兵は百人、その中には江戸から連れて来た小野光好と玉置仙之助も含まれている。

「皆の者、いざ進め」

　要蔵の号令はのんびりとした大声で、出陣に際してはいささか場違いである。もっとも兵たちは全て飯野藩士で、江戸詰めの者にも国許にある者にも等しく稽古を施している。それゆえか、気の抜けたような姿を見ても驚くには値しなかったらしい。百人の中央を進む馬上から見下ろせば、むしろ皆は普段どおりの師匠に心強いものを覚えているという顔だった。

　討伐すべき真忠組は、九十九里《くじゅうくり》の片貝《かたかい》から湧き起こった者共である。松平熊太郎《くまたろう》、三浦《みうら》帯刀《たてわき》、楠音次郎《くすのきおとじろう》らの牢人が貧しい百姓衆を焚き付けて決起し、今では下総《しもうさ》の八日市場《ようかいちば》、上総東金《とうがね》の小関《おぜき》と近隣の藻原《もばら》村にまで勢力を伸ばしている。

　だが果たして本当に攘夷のためかと言えば、多分に疑わしい。真忠組は商家を脅して財貨を巻き上げ、従わねば襲って潰し回っている。そこに嘘があった。

　何かを成し遂げるには、確かに銭が要る。しかし長州が下関で敗れ、薩摩が英国に惨敗したのを見ても分かるとおり、日本の精強を以てしても外国にはとても敵わない。まして牢人や食い詰め者が集めた小銭くらいで、攘夷などできようものか。自明の理に目を瞑って暴れるなど、攘夷を隠れ蓑《みの》にした盗賊と言えた。

　飯野藩兵は一路、上総一宮《いちのみや》藩に向かった。九十九里浜の南端、飯野陣屋のほぼ真東である。真忠組が決起した地とあって、一宮は討伐に多くの兵を発した。対して飯野は藩士の大坂詰めで財が少なく、百しか出せない。ゆえに近隣の一宮藩に与力することで話が付いていた。

　山を越えて進み、里見《さとみ》の辺りで右手に湖が広がった頃、対岸の畔《ほとり》に屯《たむろ》する一群があった。新春とあって、未だ山間《やまあい》の地は木の枝ばかりが目立ち、遮るものがない。三百以上あろうかという一団は、揃《そろ》いの具足に陣笠を被り、水面《みなも》に跳ねる昼下がりの光に照らされていた。

「お。どうやら、あれだな」

要蔵は手を挙げて大きく振り、腹の底から声を上げた。

「一宮のご家中にござろうか」

声が幾重にも木霊《こだま》する。向こうも気付いたようで、伝令役と思しき者が馬を闊歩させて来た。見たところ、まだ二十歳を超えていない。

「飯野のご家中にござりますな」

「左様。飯野藩剣術指南の、森と申す者にござる。よろしゅうお頼みしますぞ」

名乗って頭を下げると、若者は寸時「ん？」という顔を見せ、然る後に鞍《くら》から転げ落ちんばかりに驚いた。

「まさか、あの、玄武館四天王の……森先生にあらせられますか」

「元、ですわい」

「御免！」

若者は勢い良く一礼し、馬首を返して鞭を振るった。馬の足を一気に速め、揺れる鞍上で声を張り上げる。

「聞け！　皆、聞け。我らの与力は！　喜べ、あの森要蔵先生だ。千人力だぞ」

一宮藩兵がざわつき、全てがこちらを向いた。居心地の悪い思いで苦笑しつつ、要蔵は兵を率いて合流した。

湖岸には陣幕を四角に張っただけの簡素な本陣があった。そこに入って評定となる。一宮の大将は藩主の養嗣子・加納久恒《かのうひさつね》である。加納は馬の鞭を持ち、中央の台に置かれた地図を先端で示しながら策を語った。

「小関の旅籠《はたご》・大村屋《おおむら》、八日市場の福善寺《ふくぜんじ》、藻原村の東光院《とうこういん》。賊共の屯所はこの三つである」

鞭の先が九十九里浜の中ほどを指す。次いで北東、南西と動いた。

「我らは藻原村に雪崩《なだ》れ込み、東光院に籠もる賊の動きを封じる。佐倉《さくら》藩と多古《たこ》藩は同じく八日市場の福善寺を封じ、その間に福島《ふくしま》藩が小関の大村屋を落とす。小関を潰せば藻原と八日市場の間は断たれ、賊は孤立しよう。あとは、じわじわ締め上げるだけで片が付く」

理に適った策であり、堅実でもある。だが各藩合わせて千五百もの兵を出しているのだ。数が多いだけに、あまり時をかけ過ぎては多くの銭を食う。

「御免。よろしゅうござろうか」

要蔵が末席で手を挙げると、評定の座にぴんと張り詰めたものが漲った。加納の若い顔が少し緊張を湛える。

「異存がおありか」

「一宮藩の蔵は、それほどに潤っておるのですかな」

加納は「む」と押し黙り、嫌そうな目を向けてきた。要蔵は「いえいえ」と笑みを浮かべながら肩をすくめ、厭味ではないと示した。

「我が飯野とて、台所は常に苦しゅうござる。どこの藩とて同じでしょう。ならば千五百の数を生かし、戦を短く済ませたが良かろうと思いますが」

加納は「ふむ」と腕を組み、軽く俯いた。こちらの言い分は認めつつ、それでも、という悩み顔である。

「そうは申すが、八日市場と藻原村は急に攻め立てられん。賊は福善寺と東光院の僧門を人質に取っておるようなものだ。寺に当てぬように日々大筒を放ち、気を挫《くじ》くしかない」

要蔵は「なあに」と笑った。

「奴らが寺を出るように、仕向けてやればよろしい」

「どうするのだ」

「大筒も鉄砲も、福島藩に渡してしまいなされ」

こともなげに応じると、一同がざわついた。敵を締め上げる手管《てくだ》を自ら捨ててどうするのかという空気である。案の定、加納も難しい顔であった。だが要蔵はかえって胸を張り、皆を見回して鷹揚《おうよう》に発した。

「御大将が仰せのとおり、大村屋を落とさば、八日市場と藻原の賊は孤立しますな。それは向こうも承知でしょう。ゆえに、こちらは何としても大村屋を落とすという意気込みを見せる。福島藩に大筒と鉄砲が多く渡っておれば、賊は慌てふためき必ず援兵を出す」

加納が「お」と得心顔を見せた。

「そこを待ち伏せするか」

「左様。今宵《こよい》にでも仕掛ければ、敵は押っ取り刀で夜道を駆ける。わしらは田圃で筵でも被って待ち、一網打尽にしてやるのです」

「……あい分かった。小関と八日市場に早馬を出しておく」

一宮藩から火急の伝令が飛ぶ。そして一時半の後、夕闇迫る湖岸の本陣が慌しく畳まれた。一宮藩兵の五十ほどが福島藩に加勢すべく、大砲一門と鉄砲五十挺《ちょう》を運んで先発する。残る兵は全て槍と刀のみ携え、大きく南から迂回して一宮へ、次いで北上して田畑に伏せた。藻原村から小関に向かう途上の剃金《そりがね》村である。新春一月十七日が、とっぷり暮れた頃であった。

未だ田起こしもしていない土に座り、背を丸めて西を見遣る。しんしんと冷えが身に染みた頃になって、待ち望んだものが現れた。

「先生、あれを。松明《たいまつ》です」

兵として連れた弟子・小野光好が耳元で囁き、遠くを指差した。針の先ほどと見える灯《あか》りの粒が、わらわらと湧いて出ている。

「御大将に注進せい」

一宮藩への伝令を小野に託し、要蔵は飯野の皆と息をひそめた。胡麻《ごま》粒ほどだった松明が、次第に大きくなる。やがて個々の火が他の灯りに呑まれ、ぼうっと明るい一塊《いっかい》となって近付いてきた。ばたばたと乱れた足音が、風に乗って聞こえる。

賊兵が畦道に差し掛かり、伏せ勢があるとも知らずに駆け抜けようとする。あと少し。もう少し。半分ほどを遣り過ごして――。

「掛かれ」

日頃の、のんびりした声ではない。腹の底から百里四方にも届けという大音声に、飯野の百が一斉に立ち上がった。そして賊の横腹目掛けて走る。既に行き過ぎた敵兵には同じように一宮の兵が挑み掛かった。敵は所詮、素牢人と食い詰め者の群れだ。不意討ちの気勢を浴びれば臆病風に吹かれる。そう思っていた。

しかし要蔵が見たのは、怖気《おぞけ》の走るようなものであった。

「尊王、攘夷！」

「わしらこそ正義ぞ」

「勤皇じゃあ」

年明け前の一夜、攘夷を唱えて暴れる者を、若い頃の己に準《なぞら》えて考えた。だがこの連中は、そんなに生ぬるい者共ではない。

「何だ……こやつら」

目が明らかに正気を失っている。世を席巻する尊攘の流れに乗った、だから俺たちは正しい、負けるはずがない。そういう狂信が察せられた。同じものを覚えたか、玉置仙之助が足を止めていた。

「仙之助」

呑まれてはいかん、と声をかける。玉置はこちらを向いて、応えるように目を光らせた。

「剣で負ける訳には」

そして「おおお」と雄叫《おたけ》びを上げ、敵目掛けて突っ込んで行った。

「そらあ！」

鍛錬を積んだ技で負ける訳にいくものか。その気概どおり、玉置はひとり二人と斬り伏せた。それでも敵は怯まない。瞬く間に多くの数を削られながら、なお自分たちが勝つという、何が根拠なのか分からぬ自信に衝《つ》き動かされている。

そうした中で、荒々しく吼《ほ》える者があった。

「いいか、てめえら！　伏せ勢ってのは、数が足りねえ奴らの浅智慧《あさぢえ》だ。商人共と同じに、殺してやれや」

どうやらこれが、藻原を束ねていた首魁《しゅかい》であろう。三浦　某《なにがし》とかいう名の牢人である。然らばこの者を倒すべしと、要蔵は声を辿って馳せ寄った。

「そこな賊、覚悟せい」

刀を中段に、身の右脇に立てて構える。どたどた走る要蔵の鈍重を見て、賊が鼻で笑った。

「老いぼれが。返り討ちだ」

勝ち誇って刀を大上段に構える。その両腕は、振り下ろされることがなかった。刹那だけの俊敏、要蔵が脇をすり抜けざまに断ち落としていたからだ。

「引っ捕らえい」

一声に従い、飯野藩兵が四人、五人と群がって縄を打つ。今になって腕を落とされた痛みを覚えたのか、三浦某は汚く濁った悲鳴を上げていた。

この絶叫が、賊たちの異様な熱気を闇の底に叩き落とした。

「み、三浦様あ」

「嘘じゃ……」

「負けるはずがない、のに」

皆を煽《あお》り、狂気に駆り立てていた者が捕らえられた。賊は烏合《うごう》の衆と化した。

「今ぞ。一網打尽にしてやれい」

要蔵の号令に皆が「おう」と返す。賊徒は足をすくめ、なす術《すべ》なく捕らえられていった。

一宮と飯野の兵は百ほどの賊を斬り捨て、三百以上を捕縛《ほばく》した。八日市場の福善寺も同じく大勝、小関の大村屋に至っては難なく討伐軍の手に落ち、籠もっていた賊の大半が大砲と鉄砲の餌《え》食《じき》となっていた。真忠組の乱は、一夜で討伐された。

翌朝、要蔵は帰路に就いた。引き連れた藩兵百人、誰ひとり欠けることなく、また手傷を負った者もいなかった。

「さすがは先生。常々、城攻めでも何でもできると仰せにござったが、面目躍如ですな」

馬の脇を進む小野が、誇らしげに呼びかける。要蔵は「ああ」と気のない相槌《あいづち》を打つのみであった。

「このくらい、何でもないわい」

このくらいなら――否、このくらいで済んでくれと祈らざるを得なかった。

攘夷派は間違っている。そもそも欧米は、日本を潰すつもりではなかった。日本の若者とて攘夷を叫びこそすれ、剣を取って他を襲う者はなかったのに。

そういう穏やかな時は終わった。長州と薩摩が列国に惨敗し、今までは見えなかった欧米の力が、はっきりと輪郭を持ってしまったせいである。幕府がなぜ、外国と「弱腰」の付き合いをしてきたのか。初めから脅威《きょうい》を察していたからだ。有象無象には、それが大事なのだと分からなかった。分からぬ者こそ、上が何をしようと声高に騒ぎ立てる。

そして、此度の討伐で思い知った。賊と化した有象無象は疑わない。日本を清国と同じにせぬためには、外国と戦って勝つしかないと、狂おしいほどに信じ込んでいる。

この先、きっと未曾有《みぞう》の騒乱が日本を襲うだろう。自分の思いに凝り固まり、落ち着いて世の中を見られない者が、それを引き起こす。

「暗い中でも、灯りがあれば良いのだがな」

「は？　朝ですぞ。十分に明るいのですが」

小野が聞き拾い、きょとんとして返した。飯野へと続く道は、背から差す朝日に照らされて見通しが良い。だが要蔵には、この帰り道が途方もなく遠いものに思えた。

＊

「先生、穴子ですよ。おまちどお様で」

湯気の立つ皿が運ばれて来た。顔を出したのは余三太とお竹の父、こう屋の主たる余次郎《よじろう》であった。真忠組の討伐から一年半ほど、慶応《けいおう》元年（一八六五）六月である。要蔵は相変わらず国許にある日が多く、しかし剣術指南のない日には、この店で酒を呑んでいるのが常だった。

「はい、ありがとう。おまえさん、酒の仕込みで忙しかろうに」

「新酒の仕込みは秋からですよ。今は六月、杜氏《とうじ》は暇でさあ」

「そうなのか」

「ええ。うちと付き合いも長いってのに、いつも呑むばっかりで、酒造りにゃ興味がねえってんだからなあ」

要蔵ほどではないが、余次郎も酒好きである。しかも杜氏とあって、笑い顔は幾らか酒焼けしていた。

「酒が造れないんじゃ、商売上がったりだな」

「こうして春仕込みの残りを売りゃあいいんです。先生がたっぷり呑んでくれるから、うちはましな方ですよ」

要蔵は「おや」と首を捻った。

「うちはましな方って、こう屋の他に蔵元なんぞあったかな」

「そうじゃありません。先生だって知ってんでしょう。矢銭《やぜに》ですよ」

「ああ……」

戦に際して徴《ちょう》せられる地子《じし》――臨時の税である。飯野藩のみならず、今は国中で矢銭が命じられていた。

昨年七月、政治の表舞台から弾き出された長州藩が兵を率いて上洛し、京都御所の蛤《はまぐり》御門《ごもん》で幕府軍と戦に及んだ。長州兵の放った大砲によって、京の町は一条通《いちじょうどおり》から七条通《しちじょう》に至るまで大火となり、町家は無論、公卿《くぎょう》の屋敷や寺社までが焼け落ちてしまった。

必然、長州は朝敵となった。これを受けて今年の五月、十四代将軍・徳川家茂が征長の軍を発し、大坂に向かっている。諸藩にも出兵が命じられ、どこも戦支度に忙殺されていた。

「先生は、うちで油売っててていいんですか。真忠組の時には大将だったんでしょう」

「大将は一宮のお世継ぎだ。それに、わしゃ今のところ何の下知も頂戴《ちょうだい》しとらん」

「でもね、ご領主様も相当苦しいでしょうに」

どうやら、こう屋もずいぶんと矢銭を毟られたらしい。一応は藩の重臣たる身ゆえ、ばつの悪いものがある。少しでも銭を落としてやらねばと、煮穴子に箸を伸ばした。

「御免ください。お爺さん、来ているでしょう」

穴子を摘みかけたところで、廊下から虎雄の声が渡った。余次郎が「はいはい」と障子を開けて招き入れる。

「陣屋にいない時は、大概うちですからね」

「すみません、商売の邪魔ばかりして」

会釈しつつ詫び、虎雄が入って来た。そして腰も下ろさず「帰りますよ」と眉をひそめる。

「ご家老様がお呼びです」

要蔵は穴子を口に入れ、もごもごと返した。

「何で、おまえが呼びに来るんだ」

「毎度、樋口様に足を運ばせろと仰るんですか」

ふゆの怒った顔と同じで、虎雄の呆れ顔も亡き妻に似ていた。もっとも、こちらは父の丸顔を受け継いで美男とは言い難い。それがどこか嬉しく、くすくす笑いながら返した。

「仕方ないのう。これを食ったら行くから、おまえは先に戻っておれ」

「だめです。さっさと本丸に上がってください。穴子は私が食っておきますから」

余次郎が腹を抱えて笑う中、虎雄に追い立てられて店を去る。のんびり歩きながら飯野陣屋に戻り、いつものとおり神社前から本丸へ。館の前まで来ると、樋口が外に出て待っていた。

「遅い」

「いやいや、いきなりお召しあって左様に仰せられましても」

「わしは矢銭集めで目も回るほど忙しいのだ」

とにかく、と引っ張られて行く。いつもの十畳間——樋口の部屋に入ると、文箱から一通の書状を手渡された。

「これを渡すためだけに、御自ら？　お忙しいなら他の者に持たせればよろしい」

「それができんから、こうしておる。宛書を良く見ろ」

促されて目を凝らせば、墨痕鮮やかな「森要蔵殿」の字は大坂詰めの藩主・保科正益の手であった。直々の書状ときては他人に託す訳にもいくまい。得心して奉書紙の包みを外し、杉原紙《すぎはらがみ》の端を持って手首を捻る。ぱらりと解けた書状に目を落とした。

「また出陣にござるか」

主君からの下命は、将として征長戦に出陣せよ、というものであった。

「真忠組の一件で、お主の戦ぶりが見事だったと、一宮から殿に礼状を頂戴しておる」

あの晩に見たおぞましい狂気、何かに憑《つ》かれた敵兵の目が、要蔵の脳裏に蘇った。確かに我が策で平らげはしたが——。

「ありゃ、どうにかなった、くらいの戦でした。それに……この殿からの書状、御公儀の旗本を率いよと書いてありますが。飯野の兵ではないのですか」

樋口は面持ちに疲れを滲ませ、深く溜息をついた。

「兵を出すほどの余裕が、どこにあると申す。殿の大坂詰めにも、ずいぶんと銭を使っておるのだ。お主を大坂に送り出すだけで精一杯よ」

事情は分かった。それでも顔は渋い。

「とは申せ、旗本衆を率いるとは。それなら樋口様の方が良いでしょう」

「お主の他に手空きの者などない」

いささか心外である。手が空いているのは、江戸の道場を弟子に任せ、通いの稽古や出稽古も大きく絞っているからだ。しかし樋口は知らぬ顔で、すぐに「そうでなくとも」と続けた。

「お主でなければならん。どの藩も出陣を嫌がって、御公儀も仕方なく直参の衆を駆り出しておる。言うことを聞かせるには、森要蔵ほどの名が必要なのだ」

下がっていた眉が、ぐいと上がった。

「お待ちを。何とて諸藩は厭《いと》うておるのです」

「蔵が空っぽじゃ、戦などしておる場合か、とな」

今度は眉根が寄った。

長州が異国船に砲撃を加えたのは、間違いなく無法である。これまでは「勅による戦」とされていただけに、幕府も裁くに裁けなかった。しかし長州は今や朝敵である。ようやく幕府が筋を通せる立場となったのだ。征長は諸外国に道理を示すべき戦ではないか。

「藩を預かる大名に、目の開いた者がおらんとは」

「そう申すな……と言いたいところだが。ともあれ頼む。少し長くなると思うぞ」

「でしょうな。直参衆まで引っ張り出さねばならんのであれば、兵の数を揃えるのにも時を食いましょうし。致し方ない……分かり申した」

大きくひとつ溜息をつき、丁寧に一礼して樋口の前を辞した。

館を出て二之丸の自邸に戻る。本丸と神社を隔《へだ》てる門からほど近く、歩いたうちにも入らぬくらいの時しか要しない。

「今、戻ったぞ」

門を抜けて玄関に至ると、ちょうど虎雄も戻ったところで、ふゆが支度した桶で足を洗っていた。要蔵はその隣に腰を下ろし、ぽんと我が子の頭に手を置いた。

「おまえ、幾つになった」

「十三です。覚えていらっしゃらなかったんですか？」

またも呆れ顔をされ、くす、と笑って真っすぐに見返した。

「そろそろ元服せい。わしがおらん間……この家を守ってくれ」

言葉の途中に間が空いた。虎雄は何か察したようで、軽く目を見開いて探るように問うた。

「いつまでです」

「分からん」

「出陣……なのですね」

要蔵は黙って頷いた。負けられない戦、しかし兵の意気は決して上がらぬだろう戦なのだ。しかも、見たこともない長州の兵に、どうしても真忠組の影が重なってしまう。死を覚悟すべき戦と言えるだろう。

「分かりました。私も共に参ります」

肚の据わった目を向けられ、少し息を呑む思いがした。まだまだ子供だと思っていたが、これほど頼もしくなっていたとは。連れて行こうかと心が揺れる。

――否。だからこそ、首を縦に振る訳にはいかない。

「おまえの兄は早くに死んだ。この家にただひとりの男ゆえ、家を守れと申したのだ」

聞き分けろ、と眼差しで諭す。しかし虎雄は、かえって「いいえ」と胸を張った。

「元服しろと仰ったでしょう。大人になった男は家を守るだけでなく、世の中の役に立たねばなりません」

まさしく大人だ。江戸表にいることが多い身にとって、離れて暮らす我が子が正しく育ってくれたのは無上の喜びであった。

とは言え虎雄はまだ十三である。剣の腕にしても、良く言えばまだ伸び代があり、悪く言えば勝俣や野間に比べて大いに心許ない。いきなり戦場に連れて行くのが良いのかどうか。

何よりこの子には——弟子たちにしても同じことだが——己と違って先がある。戦に出るべきは、いざ本当に戦わねばならぬ時だけだ。

これからの世はどうなるか分からない。ならば揺れ動く時代の中で逞しく生き抜き、虎雄自らが言ったとおり、世の中の役に立つ道を探って欲しい。それこそ命のやり取り以上に難しい戦いであり、若者にしかできない大仕事なのだから。

「……やはり、ならん」

「お爺さん！」

どうしてだ、という血気が向けられた。野間を窘めた時のように、虎雄の頭も冷やしてやらねばいけないのだろうか。

思ったところで、ふゆが足を洗う桶をもうひとつ持って来た。そして「虎雄」と厳しく発する。

「父上の言うことが聞けないのですか」

「姉上まで」

ふゆは、こちらに向けて「どうぞ」と桶を置く。そして虎雄に向き直った。

「世の中は矢面に立つ人と、それを支える人でできています。母上がお亡くなりになったのですから、父上の背を安んじるのが、あなたの役目でしょう」

虎雄だけではない。ふゆも立派に大人の女になっていた。死に別れた夫と共に暮らした日々が大きかったのだろう。要蔵は安堵した。目頭が熱くなったのを、瞼を閉じて堪え、二人に柔らかく笑みを向けた。

「わしが帰るべきは、おまえたちのいる飯野陣屋しかない。帰るところがあると思えばこそ、人は懸命になれるものでな。家を守るのも、戦に出るのと同じくらい大切なのだ」

ふゆが、もう一度「虎雄」と促すように呼びかけた。諭された我が子は唇を嚙みつつも、少し恥じたように頷いた。


四ヵ月後、十月。要蔵は大坂行きの船に乗った。永坂の道場に住まう弟子たちが、品川湊まで見送りに来てくれた。

「好雄」

野間を呼ぶ。真忠組討伐を云々した頃に比べ、面持ちが落ち着きを増している。これなら、と頷いて続けた。

「わしがおらん間、道場を守ってくれよ」

「はい。先生のお名前を貶《おとし》めぬよう、自らを律して参ります」

血気に燃えるだけではない。頼もしい男の顔であった。

「それから文質」

鈴木文質は少し驚いたようだった。いつも稽古で苦言を吐かれているせいか、出立に際して声をかけられるとは思っていなかったらしい。

「おまえには、乙吉にも劣らん才がある。いつも言っておるが、それを磨けよ」

「は……い」

要蔵は野間と鈴木の肩をぽんと叩き、にこりと笑って御用船に乗り込んだ。

航路は日和に恵まれた。初冬を迎えて寒風こそ吹けど、波は概ね穏やかで、二日の後には目的の湊へと辿り着く。

大坂湾に入ろうとする頃、要蔵は見た。船の左舷、遥《はる》か遠くの海上に、異国のものと思しき船が碇《いかり》を下ろしている。日本で最も大きい千石船の五倍から十倍もあるだけに、離れていても押し潰されそうな威圧を覚えた。

「播磨《はりま》……か?」

戦に赴《おもむ》くに当たって受け取った地図がある。船の屋形に戻って行李《こうり》を探り、取り出して拡げた。列国の船は、どうやら兵庫湊の沖合らしい。何のために、と怪訝な思いが胸に湧き、じわりと面持ちが曇った。

湊に下りると、要蔵は荷物を人足に任せ、自身は馬に跨って大坂城に上がった。藩主・正益に目通りを願い、城の真東にある中小屋口加番所、通された十二畳のひと間に待つ。四半時ほどして主君が姿を現した。

「森、良う参った。久しいな」

文久二年の九月以来、概ね三年ぶりの対面である。朗《ほが》らかな声を受け、しかし要蔵は神妙な面持ちで迎えた。

「殿もご壮健で何よりにござります。その、ひとつお訊ねしたいのですが」

「戦のことか」

「いえ。兵庫の沖にある船について。何です、あれは」

再会を喜んでいた正益の顔に陰が下りた。

「列国の強訴だ。兵庫の湊を開くよう、禁裏からの許しを得たいと」

愕然《がくぜん》とした。幕府を通さず、朝廷に直接の威圧を加えているとは。

「御公儀は？」

「兵庫の件は前々から求められておったゆえ、一橋様は、それも已むなしと。天子様がお望みのとおり横浜を閉ざすゆえ、引き換えに勅を頂戴したいと前々からお求めであった」

朝廷や諸外国との折衝は、将軍後見・一橋慶喜の任である。つまりは征長戦も慶喜の意思によるもので、一事が万事、国として筋を通すための方針に他ならない。

「が、一橋様の、そのご存念には島津殿が怒ってな。去年、長州を締め出した後に京から去ってしもうた」

正益は「分かるか」という目を向けてきた。要蔵は固唾《かたず》を呑み、声をひそめた。

「いつまでも抜け荷の目溢《めこぼ》しはできぬ、ということですな」

かつて飯野に帰る折、薩摩のものと思しき抜け荷船を目にした。横浜村の湊を閉ざすのは、斯様な横着を戒めるためであろう。

「それだけではない。兵庫を開けば、大坂での商いも認めることになる。両替が外国と商いに及べば、大坂と繋がりの深い西国は干上がるだろう」

大坂は日本で一番の商いの町であり、両替は西国諸藩に金を融通していた。どの藩も台所が苦しい中、借りては返し、返しては借りを繰り返しながら何とか生き延びてきた。

だが大坂と外国の商いを認めれば、そうした金の流れが大きく変わる。両替商にとっては、より大商いのできる外国を重んじて当然なのだ。これまでどおりに財を回してもらえなくなれば、西国諸藩の困窮は避けられない。

一橋慶喜は薩摩にきつい灸を据える肚であった。当然、島津久光も黙っていない。慶喜に動かされ始めた朝廷に干渉し、兵庫開港に傾きかけた朝論を妨げているという。

「横浜での抜け荷はそのまま認めろ、兵庫を開いて痛め付けるのは許さん、ですか」

「おまけに征長もならぬと申しておる。抜け荷の益で外国と結んでおるくせに、日本が外国に筋を通そうとすれば駄々を捏《こ》ね……斯様な二枚舌が最も信を損なうと、全く分かっておらぬ」

「なるほど。わしの大坂詰めが長くなるはずですな」

諸藩の財政難だけが理由ではなかった。征長戦を立ち上げたくとも、これでは儘《まま》なるまい。

「時を置くほどに、兵は征長などどうでも良いと思うようになる。早めに大坂に入ってもらったのも、お主の名で少しでも旗本衆を奮い立たせるためだ」

「……良く分かりました」

この先も外国との付き合いが消えることはない。ならば、やはり征長は不可欠の戦である。だが、果たして成し遂げられるのだろうか。要蔵には、そして恐らく正益も同じであろう、胸中に深い靄《もや》が立ち込めていた。

落ち着かぬ思いのまま主君の前を辞し、宛がわれた宿所に入る。一番弟子・勝俣乙吉郎と同室なのは、正益の計らいだろうか。

「先生！　お待ちしておりました」

勝俣は再会に顔を紅潮させ、支度してあった一斗樽をパンと叩いた。

「今宵は心ゆくまで呑みましょう」

「珍しいな。おまえ、そんなに呑めたか？」

鷹揚な笑みで応じる。正益との話で気持ちは澱《よど》んでいたが、悟られまいと平静を装っていた。もっとも、無用だったかも知れない。

「こっちに来てから、面白くない話ばかりですからね」

当の勝俣が吐き捨てるように言い、樽を開けて「どうぞ」と枡を寄越した。

「ねえ先生。兵庫の船、ご覧になったでしょう」

「ああ、あれな」

何でもない、とばかりに酒を汲む。まずは一杯と、勝俣と一緒に呷った。

「この酒を仕入れに、非番の日に灘《なだ》へ行ったんです。まさにその日に、異国の船が来ましてね」

「灘の酒か。さすがに旨い」

はぐらかす言葉にも、勝俣の不平、或いは不安というものは晴れなかったらしい。

「噂では、禁裏への強訴だというじゃないですか。つまり外国は、御公儀への信を薄くしているんでしょう」

要蔵は長く息をついた。世情への憂い、動乱に絡め取られた人の狂気と、それに対する恐れ。溜息には、胸中に積もっていたものが滲み出ていた。一番弟子、我が子にも等しい勝俣を前にしたから、なのだろうか。虎雄の成長を喜んだ時と似ている。

ことほど左様に己が心は弱い。ならば、と肚を括《くく》った。

「薩摩や長州が、異国と対等に付き合えると思うか」

弟子との、初めての国論だった。勝俣は大いに驚いたようであり、また嬉しそうでもあった。

「俺を認めてくださったのですね」

「前々から認めとるわい。そういうのとは違ってな」

そして、ずっと抱えてきた思いを吐き出した。門弟たちには、何が正しいのかを落ち着いて考えて欲しかった。過ぎた熱は邪魔になるゆえ、じわじわ冷ましてやろうと思って、難しい話を避けていたのだと。

「真忠組の討伐な。わしゃ、あれで少し肝が冷えた。おかしな熱に浮かされた奴らが寄り集まれば、人はこうも狂うものか……とな」

要蔵は桝に二杯めを掬《すく》い、一気に呑み干した。

「征長がどれほど大事かは承知しておるし、出陣も吝《やぶさ》かでない。だが藩ひとつと戦をするなら、相手にする兵の数も多い。鉄砲や大筒も山ほど持っていよう。斯様な奴らが、真忠組の如き乱心をさらに太らせてはおらぬか……と。どこかでそれを恐れておったのだろう。おまえに力を貸して欲しいとな、本音が出たに過ぎん」

　勝俣は「はは」と笑った。

「そう思ってもらえるなら、俺は嬉しいですよ。先生の本音に応えて、俺も思うところを包み隠さず話しましょう。薩長が異国と対等に付き合えると思うか、でしたな。できん！　と思いますよ。長州の尻拭いだって、御公儀がやっているんですから」

　下関の戦いには、国そのものが吹っ飛びかねない額の賠償金が発生していた。幕府はそれを肩代わりし、支払いの引き延ばしを依頼している。相当の無理を聞かねばならないだろう。

「おまえもそう思うか。まあ外国も御公儀の力は分かっとるだろうし、殿のお話では、一橋様も兵庫の開港は認めておられるそうだ。外国の強訴は、薩長に『横車を押すな』と言うとるようなものだろうし、まあ戦にはなるまい」

「では俺たちは、まず征長にだけ目を向けておくとしましょうか」

「ああ。乙吉、ありがとうな」

　一番弟子が同じ思いでいてくれる。胸が軽くなり、不思議なほどに平穏を得られた。要蔵はまた一杯を呷り、薄らと笑みを浮かべた。

三　正義は何処に

征長のために集められた旗本衆は、だらけた空気を纏っていた。慶応二年（一八六六）盛夏六月七日、蒸し暑さと強すぎる日差しが辛そうに、肩の力を抜いている。百余の群れは青々とした勢いの田を背に、ばらばらと屯して列すら成していない。きちんと前を向いているのはましな方で、半ば以上はうな垂れていたり、隣の者とひそひそやっていたりする。

「いやいや、待たせてすまなんだ」

要蔵は勝俣を従え、友にでも語りかけるような大声で旗本兵の前に進んだ。皆が何に倦《う》み、何を厭うているのかは承知しているつもりである。気さくな声は、そうした者の耳にも届くだろうと思ってのことだった。藩主・保科正益が言うように、森要蔵の名で鼓舞できるならの話ではあるが。

皆が前を向いたのだから、効き目がなかったとは言えない。が、それだけである。緩んだ気配は一向に変わらなかった。百余の顔を見回しながら、どうしたものかと頭を働かせる。

その躊躇《ためら》いを察したらしい者があった。

「貴殿が、わしらの上役にござるか。お役目をお聞きしとう存ずる」

こちらの身の上など既に知らされているだろうに。腐っても旗本家、将軍への目通りが許される身分ゆえの傲慢、厭味である。それと察しつつ、要蔵は鷹揚に返した。

「わしゃ、貴殿らのような旗本ではなくてな。御公儀のお役目は頂戴しとらん」

「そのような御仁が、どうして旗本を束ねると申すか」

「仕方なかろう。我が藩公が若年寄《わかどしより》になったのだから」

若年寄――旗本を束ねる役の名を聞き、皆の顔が驚きを湛えた。正益がその役目に任じられたのは十日余り前、五月二十六日である。従軍のために江戸表から切り離され、大坂に入って以後も城から半里の小村に閉じ込められていたとあっては、知らなくて当然であった。

「そういう訳でな。貴殿らは若年寄様の下じゃ。とは申せ、戦には勝つための算段というものがあって、隊を二つに分けると決まった。以後、この森要蔵が発する下知は全て若年寄様のご下命と思うて、従ってくれい」

相変わらず、のんびりと発する。旗本衆に冷ややかなざわめきが生まれた。左の後ろで次第を見ていた勝俣が、こちらの背をちょんちょんと突きながら小声を寄越した。

「先生。殿のお役目のお陰で、せっかく怯んでくれたんです。もっと厳しく言わなけりゃ、また付け上がりますよ」

「付け上がらせたいんじゃよ」

俯くように背後へ目を流して囁くも、勝俣は「分からん」という困り顔である。要蔵は今少し言葉を継いだ。

「どいつもこいつも、戦う男の顔をしとらん。わしに挑むくらいなら見込みがある」

ここに集められたのは、幕初の旗本が分家させた傍流の家柄と聞いている。二百石に満たぬ小禄、馬上が許されない面々の次男や三男たちだ。概ね無役で貧乏、そのくせ一朝ことあらば軍役を命じられて逆らえない。窮屈な立場にうんざりして、気位だけを糧《かて》に生きているような者共である。その昔、斬ってしまった相手――あの男と同じでは困るが、少しはああいう熱を持たねば戦も何もない。心根の奮わぬ者に火を点けるには、打ち負かして気位をへし折るのが一番だ。かと言って、こちらから手を出しては、かえって腐らせるだろう。

要蔵は、未だざわめきが収まらない烏合の衆へと目を戻した。

「不肖この森、玄武館の初代四天王と呼ばれた男よ。大船に乗った気でいてくれい」

これまで以上に朗らかに、自信満々という態度である。そうした顔をわざと作り、さあ噛み付けと誘った。

「ご老体の剣ひと振りで、鉄砲に敵うものですか」

早速、食い付く者があった。先に役目を云々したのとは別、後ろの方にいる三十路《みそじ》顔である。ここからは媚《こ》びる姿を捨てるべし。少しばかりの不機嫌を顔に貼り付けて応じた。

「聞き捨てならんのう」

「今の戦は鉄砲や大筒でやり合うんです。如何に貴殿ほどの剣豪とて、飛び道具の束は捌《さば》ききれんでしょう」

要蔵は「ふふん」と鼻で笑った。

「なら貴殿ら、鉄砲を構えるが良い。敵わぬかどうか、やってみれば分かる」

やる前から分かりきっている。鉄砲の束になど、確かに勝てない。つまりは「気に入らぬなら撃ち殺せ」と挑発したのである。

もっとも、できようはずもなかった。旗本は将軍直臣、要蔵は又家来、身分はこちらが下だが若年寄の臣なのだ。これを殺したとあっては、きつい咎めが待っている。それを察した兵たちは、どろどろした怒りを燻《くすぶ》らせ始めた。もう少しだ。

「公方様の藩屛《はんぺい》たる身が、腰抜け揃いよのう」

「それこそ聞き捨てならん！」

向かって右の端、二十五、六と見える若者が荒々しく吼えた。来た、と胸にほくそ笑む。若者は、上役への物言いとは思えぬ剣幕で捲し立てた。

「貴殿などに命を預けられるか。俺も玄武館にて剣を鍛錬した身だが、稲垣先生は常に仰せであった。初代の四天王は弱い、とな」

あいつか、と眉根が寄った。幾度も森道場に足を運び、そのたびに挑んできた稲垣文次郎である。全て返り討ちに遭いながら「初代は弱い」とは、良くも放言したものだ。

「ほう、同門か。弟弟子なら旗本様に払う礼儀もいらんわな。お主、名は」

「永峰弥吉《ながみねやきち》」

「よし。稽古を付けて進ぜよう」

要蔵は勝俣を振り返り、竹刀代わりに何か拾って来るように命じた。勝俣は相変わらず「分からん」という顔で立ち去り、少しの後、竹刀に似た長さの枯れ枝と棒を持って戻った。棒は米の脱穀に使う唐竿《からさお》の柄《え》が折れたものらしく、枯れ枝より握りひとつ短い。

「お主は、こっちの長い方を使え」

ぽんと放ると、相手は無言で受け取った。永峰の背を押す怒声に包まれた中、互いに中段で構え合う。

「いざ」

要蔵は足を開き、腰を引いた。傍目には屁《へ》ひり腰としか映らない、いつもの形である。永峰は小馬鹿にしたような笑みを浮かべ、すぐに二つ、三つと打ち込んで来た。

「やっ、たっ、さあっ！」

「わ！　おっと。こりゃ」

言うだけのことはあって、太刀筋は重く、それでいて鋭い。もっさりした動きでどうにか受け止めながら、要蔵はじりじりと下がった。

「やっ！」

胴払いが飛んで来る。向かって右から打ち抜く「逆胴」の奇襲だった。要蔵は少し身を捻り、握りを上にして得物を縦に構えた。

「えいや」

そして下から跳ね上げる。双方、腕が大きく上がった。やや左を向いて受け止めた分、要蔵の側に隙が大きい。それと見て取った永峰が、跳ね上げられた勢いのまま、横面を狙って上段から打ち下ろして来た。

ここだ——軽く腰を沈め、地を蹴って右へ飛ぶ。永峰の横面が空を斬った。寸時の後、要蔵は唐竿の柄で若者の肩を叩いた。ぽん、と軽くである。

「わしの勝ちだ」

「……参った。いえ。参りました」

鈍重な動きから一転、刹那のうちに背を取られ、力の差を思い知ったようだ。騒々しかった旗本衆も、しんと静まり返っている。永峰は幾らか思い詰めた顔で向き直った。

「貴殿の強さは分かりました。が、それで長州の鉄砲や大筒に勝てるとは言えぬでしょう」

「お主らも、そういう鍛錬はしてきたのじゃろ?」

十年前、時の老中・阿部正弘が築地《つきじ》に講武所を開いた。旗本には、そこで西洋砲術の訓練を積むことが命じられている。戦というものは、個から集団のものへと変わっていた。

「鍛錬を積んだからこそ、戦をしてはならんと分かるのです。御公儀も諸藩も台所が苦しいというのに、外国の機嫌を取るための征長で無駄に血を流し、銭を捨てるなど論外ではないですか。武備のある薩長は、むしろ寛典《かんてん》を垂れて取り込み、備えの一翼を担わせるべきでしょう」

要蔵は心中に「なるほど」と溜息をついた。だが将軍後見・一橋慶喜が征長を掲げたのは、外国の機嫌を取るためではあり得ない。

「これまでだって、御公儀があれこれ言うことを聞いてきたから無理難題を押し付けてきた。弱みを見せれば、なお付け上がるのみです」

永峰の舌鋒はなお鋭い。要蔵はそれをひと言で黙らせた。

「今日の、お主らのようにか」

向かい合う若者は「う」と唸り、恥じて俯いた。

外国と対等に付き合うには絶対の条件がある。下手に手出しすればこちらが怪我をする——そう思わせるだけの力を持たねば、付け入る隙を与えるだけだ。

その意味で言えば、武力を持つ者を使えという永峰の論は正しい。もっとも、これは尾張《おわり》の徳川慶勝《よしかつ》や越前の松平慶永の受け売りである。保科家の臣でしかない己の耳にさえ入っているのだから、身分だけは約束された旗本が知っていても何ら不思議はない。

幕府と諸藩の財を考え、外国との差を埋めることを第一に考えるべし。耳当たりの良い論であるが、ここには重大な嘘が隠されている。それこそが全国の大名を、そしてここにいる旗本たちを逃げ腰にしているのだ。

喧騒の収まった青田に蟬時雨《せみしぐれ》が降り注いでいる。諭すような要蔵の声が、のんびりとそれに乗った。

「征長はな、誠を見せるための戦なんじゃよ。下関で長州が仕掛けたのも、薩摩がエゲレスとやり合ったのも、外国と結んだ約定への違背よな。国を束ねる御公儀が罰を与えねば、相手はどう思うかね。やって当然のことを捨て置くなど、怒ってくれと言っておるようなものよ。向こうにしても、文句を付ける理由ができる。これは、弱みを見せることにならんか」

永峰は俯いたまま何も言わない。他の者たちの不安げな声が、蟬の声を覆い隠した。

武力の強い者と平穏に付き合うには、こちらにも対等のものが不可欠である。しかしそれ以前に、互いの約束を固く守る姿を見せなければ信用を失い、結局のところ戦は避けられないのだ。ペリー提督の黒船来航以後、幕府はずっとその立場を崩さずにきた。

「なあ皆の衆。御公儀は何のために外国と約定を結んだのかね。旗本なれば知っておるだろう。相手方の法度に飛び込んだのは、相手にもその法度を守らせて、日本に手出しできんように立ち回るためじゃ。ものの分からん奴らは弱腰だの何だのと口さがないことをほざくが、御公儀を支える貴殿らが本当の弱腰でどうする」

そうは言っても。銭がなければ。同じ国の中で血を流しては。躊躇いの言葉が重なり合って、ざわめきを大きくしている。

如何とも し難い。西洋と対等になろうとして、幕府はこの十年、戦を個から集団のものに変えようと尽力してきた。しかし、それによって個の意気地が大きく殺《そ》がれている。

ただひとり、永峰が神妙な顔をしていた。要蔵は救われた思いで笑みを向ける。自分を守るために汲々としている者には伝わらなかったが、この男だけは鼓舞されたようだ。

「永峰君。君に、この隊の副長を頼みたい」

「え？」

「今日は顔合わせだけで、出陣にはまだ間がある。それまで、この乙吉と色々話してみるが良かろう。仲良くやってくれ」

勝俣が「よろしく」と頭を下げ、人好きのする笑みを見せた。副長を命じられた理由が分からなかったのか、永峰は少し戸惑っているようであった。

＊

篠突《しのつ》く雨を受けて、ずっしりと箕《み》が重い。被る笠の端からも引っ切りなしに水が落ちる。目の前の吉井川《よしいがわ》は嵩《かさ》を増し、濁ったうねりを見せていた。

「まったく、飽きもせずに降るものだわい」

要蔵は土手の上に立ち、げんなり、と背を丸めた。慶応二年八月半ば、秋霖《しゅうりん》に足止めを食らっている。西国《さいごく》街道の片上宿《かたかみしゅく》に留まること既に三日であった。

「先生」

右手、川上から勝俣が小走りに近寄る。要蔵は「おお」と目を向けた。

「どうだった」

「駄目です。こう水嵩が増しては、船など出せんと」

漁を営む者に助けを請うたものの、全て断られたという。こういう時、川の流れは目で見るよりずっと速く、強いものだそうだ。

要蔵は鈍色の空を見上げた。

「恨めしいわい。皆、ただでさえ意気が上がらんのに。このままでは、広島に着く頃にはどうなっておるか」

「とは言っても、お天道様とは喧嘩になりません。永峰殿がもう少し川上を当たっていますが、そっちも期待できんでしょう」

勝俣の面持ちも暗い。要蔵は「そうか」と返し、手近な木陰に身を隠した。永峰も雨の中を走り回っている。戻って来るまで、せめてここで待っていてやりたかった。

翌日の宵、雨はようやく上がった。だが水が引くまで川は渡れない。さらに二日を無為に過ごすうち、皆はすっかり気を萎えさせてしまった。もう戦どころではないと知りつつ、要蔵は「旗本の役目を果たせ」と叱咤し、どうにか引っ張って行った。

安芸《あき》広島に到着したのは八月も末の頃であった。そこ彼処《かしこ》に築かれた粗末な陣小屋は、一様に気だるいものを澱ませている。しかし、それにしては少し様子がおかしい。弛《ゆる》みきった気配とはあべこべに、要蔵たちの脇を忙《せわ》しなく走り抜ける羽織姿があった。

「どうしたんじゃ、あれは」

問うたところで、着いたばかりの面々には分かろうはずもない。永峰が「聞いて来ましょう」と進み出で、たった今駆け去った者を追った。

「大目付、永井様《ながい》の下役だそうです。何ゆえ急いでおるのかは、お役目ゆえ話せないと申しておりましたが」

「永井様とな」

大目付・永井尚志《なおゆき》は征長軍の将である。かつては朝廷との談合役や外国奉行を歴任した辣腕で、この戦でも長州側との交渉に従事していた。その交渉役が、戦を目の前に奔走しているとは。

「何かありますね」

勝俣が「どうするのか」という目を向けてくる。要蔵は「いや」と首を横に振った。

「殿の名を使わせてもらえば、永井様に目通りは叶うだろう。が、何か聞き出そうにも話の糸口がない。闇雲に訪ねたところで、何も教えてはくれんよ」

まずは、と宛がわれた陣小屋に入った。

そのまま数日を過ごすも一向に戦の気配がない。訝《いぶか》しく思いつつ九月を迎えると、初旬、勝俣が一通の書状を取り次いで要蔵の許に運んだ。

「殿からとは」

藩主・保科正益は、津《つ》藩兵二千を率いて出雲《いずも》の松江《まつえ》に着陣している。書状の宛書から見て正益の直筆に相違ない。もっとも、走り書きであった。戦陣の慌しさゆえではない何かが、筆の乱れに滲み出ていた。

書状を読み進めるうちに、勝俣が問うてきた。

「何と申し送られているんです」

「ちいと待て。まだ途中――」

発した声が、止まった。目が皿のように見開かれている。

「……いかん。いかんぞ、これは」

わなわなと身が震える。勝俣が「え？」と不安げな気配を漂わせた。

「どうしたんです」

「おまえは、ここにおれ」

それだけ言うと、すくと立って陣小屋を出た。

向かった先は、とある寺の僧坊――先般名を聞いた永井の陣所であった。

「若年寄・保科正益が名代、森要蔵にござる」

「大目付・永井尚志である。森……永坂の、あの森殿か。若年寄様が、何用あって其許を寄越された」

こちらとそう変わらない、五十過ぎの顔が幾らか驚いている。森要蔵の名を知っているから、だけではなかろう。

要蔵は懐《ふところ》から正益の書状を取り出し、左手の甲で軽く叩いた。声を低く、ゆっくり切り出す。

「これに記されております。……上様が、亡くなられたと」

向かい合う顔、やや下がり加減の切れ長な瞼《まぶた》が、ぴくりと動いた。返答はない。

およそ一ヵ月半前の慶応二年七月二十日、十四代将軍・徳川家茂は二十一歳の若さで世を去っていた。公にされたのは八月二十日だという。

「間違いないのですな」

要蔵は目を細め、軽く息をついて続けた。

「それがし講武所の旗本衆を率いておりまするが、元々これは保科公の受け持ちにて、別隊として広島へ参じたに過ぎませぬ。上様のご薨去《こうきょ》に当たり、この兵が如何様に動くのか確かめ報告せよと下知を受けましてな」

正益の書状には将軍死去の一報しかない。名代であるというのも、兵の動き云々も、全くの嘘であった。そもそも要蔵の別働隊は広島預かりの立場で、どう使うかは現場に任されている。

永井も嘘は見抜いているのだろう。じわりと眉根を寄せた。

「なるようにしか、ならぬ。この返答で得心なされい」

やはり、そうだったか。永井の身辺が慌しいのは、長州との交渉を進めているせいだ。

「それでは朝敵共をのさばらせるだけですぞ」

「一橋様のお下知でも、か？」

将軍後見・一橋慶喜の裁定——この上なく重い、静かなひと言だった。対して要蔵は「いけません」と声を大にした。

「お下知があったのなら、お諫《いさ》めなされませ」

将軍の死去。戦をやめるには十分な事情だが、ここで退いては幕府が政治的に敗北したことになる。

「永井様は目端の利くお方とお聞きしております。外国奉行にも任じられていたのでしょう。ならば、長州と和議に及ぶ愚はお分かりのはず」

「筋を通すために、戦を続けよと申されるか」

胸の怒りと焦りを飲み込み、要蔵は「はい」と頷いた。

「何らの罰も与えずに退かば、外国が御公儀を見くびります。公方様の後釜なら、他ならぬ一橋様がおられましょうに」

井伊直弼に足を掬われて後れを取らなければ、慶喜は十四代将軍になっていたはずである。井伊が討たれて幕政に返り咲き、将軍後見として実際を握ってきた人なのだ。

「征長とて一橋様のご意志でしょう。ならば、すぐに公方様の後を継がれ、戦を続けるべきだとは思われませぬか」

押し潰された要蔵の声。永井は瞑目して長く息を吐き、俯き加減に二度、三度と頭を振った。

そして瞼を半開きに、冷え冷えとする眼差しを寄越す。

「其許の連れた講武所の面々なら、長州に勝てるのか」

鋭い、実に痛烈な言葉の一撃であった。ぐうの音も出ない。旗本兵があの体たらくでは、長州に勝つどころか、戦場に立たせるだけでも難しいだろう。

永井は寂しげに「ふふ」と笑った。

「九……いや十ヵ月前か。戦に先立って、長州に詰問状を突き付けた。その頃から兵の様子を見てきたのだ。この兵で戦えば、負けは目に見えておる。さすれば、そのまま政治の上でも負けが決まってしまう。よほど傷が大きい」

愕然として、口が「あ」と大きく開いた。要蔵は心中で「阿呆め」と自分に向けて大喝した。

如何に正しい道を取ったとて、戦って負ければその道理を示せない。永井の言ったことに、どうして己は思い至らなかった。正益と話した時から、勝てるかどうか疑わしいと見ていたはずなのに。まさに阿呆だ。門弟たち、若者は世を広く見られないと思っていたが、齢五十七を数えた自分こそ偏狭そのものだったとは。恥ずべき話である。

「差し出がましきお話を……。我が不明にござりました」

要蔵はがくりと肩を落とし、力なく平伏した。もっとも永井の声は幾らか和らいで、そこはかとなく喜びを湛えた。

「不明か。そうでもない」

顔を上げると、瓜実顔の頬が笑みを湛えていた。

「其許が申されるとおり、長州の好きにさせては、この国はお終《しま》いだ。それを分かっている者があっただけでも救われた思いがする」

そして「喜びついで」と言わんばかりに軽く手招きする。要蔵はそれに従い、膝で一歩二歩とにじり寄った。互いに声をひそめる。

「永井様は何をお思いで？」

「わしが、ではない。一橋様は、兵を退いても長州との戦いまでやめるおつもりではない」

政治的な敗北を受け容れるのは一時の話、いずれ覆《くつがえ》す肚だという。そのために、諸藩から将軍位の継承を嘆願されているのを敢えて固辞しているらしい。

「征長には、御三家の尾張や親藩の越前が及び腰だった。これでは兵の意気も奮うまい。ゆえに一橋様は、左様な重鎮が嘆願に及ぶのを待っておられる。已むなく将軍を引き受ける形を作りたいのだ」

「さすれば……頼んだ側は、一橋様のご意向に否やを言えぬようになる」

「そういうことだ。さて、話はこれまでにさせてもらおう。色々と忙しいのでな」

「はっ。ご無礼仕《つかまつ》りました」

要蔵は深々と一礼して座を立つ。

去り際、永井が「森殿」と声をかけた。振り向けば、先まで湛えていた笑みとは打って変わって、真剣そのものの眼光が向けられていた。

「今ここにいる兵たちには、わしや其許の思いは通じぬだろう。だが、いつの日か同じ思いの者を束ねなければならん。其許の道場、門弟は八百を数えておると聞く。少しでも多く皆を導いてくれ」

「いえ……わし如きに左様なこと、できるはずがござらん。永井様とのお話で、己が愚かさを思い知りましたわい」

永井は、きっぱりと首を横に振った。

「そう思えるだけ、其許は賢才ではないのか」

本当の愚者は自らの愚に気付かない。自身の非才を認めた者にしか次の梯子《はしご》は現れないと、永井は言った。

「やってもらわねば、ならん」

この国の明日のために。向けられる眼差しが力強く語る。要蔵は無言で再び頭を下げ、立ち去った。胸中には当惑が満ちていた。

＊

十四代将軍・家茂の死去を受け、征長戦は八月二十一日に中止が決定され、九月に入ってから撤兵が開始された。要蔵も大坂に引き上げとなり、藩主・正益と再び合流する。以後、主君以下の飯野藩士と共に京都西陣《にしじん》に移った。若年寄となった正益が、大坂詰めを解かれたがゆえであった。

もっとも、長州との和議が整うまでは征長軍も解散されない。しばし京に留まるうちに、慶応二年は十一月を迎えていた。

「ねえ先生、そろそろ戻りましょうよ。もう二升も空けてますよ」

勝俣が酌をしながら苦言を呈した。要蔵は苛立って口を尖《とが》らせた。

「そんなもん、舐《な》めたくらいのものだ。おまえだって酔ったようには見えんぞ。物言いも、はっきりしておる」

「もう。ご存じでしょう。酔って見えなくても、呑み過ぎればいきなり吐くんですよ、俺は。だいたい、このところおかしいですよ。呑んでいて全く楽しそうじゃない」

ぐ、と言葉に詰まった。

広島で永井と話して以来、この胸は重石《おもし》を乗せられたようになっている。少しでも、それを忘れたい。気を晴らしたい。晴らすべきは別のものだと、分かってはいる。分かっているからこそ余計にもどかしい。

「やっぱり憂さ晴らしなんでしょう。大好きな酒なのに、そんなことのために使ったら、そりゃ楽しくありません」

「ああ、ああ！　分かったわい。分かったから、もう一本だけ呑ませろ」

「それで最後ですからね」

固く約束して、勝俣に注文を入れさせた。要蔵は肴に供された鯖《さば》の煮付けを口へ放り込む。

「甘辛い味なら穴子だな、やはり」

「この店にもありますよ」

要蔵は残り少なくなった徳利から、じかに呷って眉をひそめた。

「大坂で獲れたのなんぞ願い下げよ。穴子は富津に限る」

ぶつくさ言いつつ鯖をつまみ、最後に頼んだ二合徳利を空けると、二人は店を出た。

夜の祇園《ぎおん》は煌《きら》びやかである。道の両側に酒場や遊女屋が軒を連ね、各々の店先には「八間《はちけん》」が並んでいた。文字どおり八間（一間は約一・八メートル）を照らすと言われる行灯《あんどん》で、これが店ごとに出ているものだから無駄に明るい。照らし出される店の壁は漆喰《しっくい》で塗られ、赤い格子戸が目立つ。店の二階からも三味線《しゃみせん》の音と共に煌々と灯りが漏れ、空の星さえ覆い隠していた。二階に灯りがないところは、音曲の代わりに女の嬌声が漂って耳をくすぐる。そうした店では、格子戸の向こうから女が媚びた声で手招きしていた。

客引きを断り、女の誘いを往なして四条《しじょう》大橋を渡れば、ようやく夜が戻ってきた。

「やれやれ。やっと静かになったわい」

「そこら辺に、ぶつからないでくださいよ」

行灯に囲まれていた目には、星明りでは足りない。勝俣に念を押され、やや不機嫌に「分かっとるわい」と返す。

「京に留まって、ひと月だ。道も覚えた。この寒さで酔――」

酔いも醒めた、と続けようとしたところ、曲がり角から出て来た人影に思いきりぶつかった。

「あ痛たた。いやはや、こりゃすまん」

要蔵は飛び退き、鉢合わせた相手に詫びを入れる。

その男の身なりに、ぎょっとした。羽織も袴も、何もかも黒ずくめである。ばらばらと後ろから出て来る者も、全て同じ出で立ちであった。

「爺。どこに目を付けておる」

「……新選組か」

かつては浅黄色に白いだんだら模様の羽織だったが、世を騒がす者の探索が多くなり、夜に呑み込まれる黒を着るようになったのだと聞いている。

相手の男は一歩進み、要蔵の胸座《むなぐら》を摑んだ。

「新選組と分かっておるのか。おい。もしや長州の間者ではあるまいな」

「長州だと？　あんなのと一緒にせんでくれ」

酒の力も手伝ってか、いささか腹に据えかねた。胸座を摑む手首に両手を掛けて挟み、体ごと捻りながら相手の足を払う。柔術の技であった。黒装束がくるりと一回転して、背中から地に打ち付けられた。

「こいつ」

「手向かいするか」

「おのれ」

新選組の面々が腰のものに手を掛ける。いざ抜き払わんとした、その時——。

「よせ」

男たちの背後から、幾らか甲高い声が制した。静かな足音が近付くと、さっと道が開く。要蔵は乏《とぼ》しい星明りに目を凝らしたが、背が高いと分かるだけで顔は見えない。

だが向こうは端《はな》からこちらの顔を認めていたようだ。役目柄、夜目が利くのだろうか。六、七歩も離れた辺りから声をかけ、軽く会釈した。

「お久しぶりです」

相手がなお近付く。手を伸ばした先辺りまで来て、ようやく顔が分かった。勝俣が「おや」と声を上げた。

「君は確か……山口君と言ったな」

「色々あって、今の名は斎藤《さいとう》一です」

かつて永坂の道場で会い、稽古で剣を交わした相手だった。

斎藤は手近な者に「先に行け」と短く声をかけた。黒装束たちが「はっ」と頭を下げて去って行く。どうやら隊士を束ねる立場らしい。要蔵は酒臭い息を「ふう」と吐き、摑まれた襟元の乱れを直しながら声をかけた。

「そうか、君だったか。浪士組に志願すると言っておったものな」

「まあ……それも色々でね。先生は、なぜ京に？」

言葉少なに問い、腕組みをする。要蔵と勝俣は掻い摘んで征長参陣の経緯を語った。

「そんな次第で、先生は御公儀の負けが我慢ならんのだよ。このところ毎晩、こうして呑んじゃあ荒れている。あ、いや。そうでなくとも毎夜、浴びるほど呑むんだが」

勝俣の言いようを聞き、斎藤は「くす」と笑ってこちらを向いた。

「で、新選組に喧嘩を売ったと」

「たまたま、ぶつかっただけだ。訳の分からん疑い方をされたら、そりゃ怒るわい」

「そいつは、すみません」

神妙に頭を下げる斎藤の姿が、森道場で手合わせした日と重なった。あの時も、この男は脛打ちを防がれて素直に負けを認めた。

「変わらんなあ」

「いえ。ずいぶん人を斬りました」

変わらぬはずはない――斎藤の目に剣呑《けんのん》な光が宿る。それを見て、思い出した。あの日の斎藤が言っていたことを。

「剣は人斬りの道具、か。そのとおりに生きておるという訳だ」

「ご時世ですよ」

「いやいや、それが役目だろう。悪いとは言わん」

要蔵は長く溜息をついた。

「むしろ頼もしい。剣は確かに人斬りの道具だが、その道具を使うには」

右手に拳《こぶし》を握り、親指を立てて自らの胸をトントンと叩き、続ける。

「ここに別の道具が要る。御公儀の軍には、それがなかった。だから退かざるを得んかったんじゃ。嘆かわしい話よな」

斎藤は腕組みのまま首を傾げた。目を逸らした、と言う方が正しいかも知れない。

「他人ごとなんでしょう。でも……そいつらも、いずれ嫌でも戦うことになる」

要蔵は目を見開いた。勝俣も息を呑んでいる。ひと呼吸、二呼吸、無言の間が空いた。

「差し支えなければ、聞かせちゃくれんか。君がそう言う訳を」

思いきって問うてみる。斎藤は少し面倒そうな顔をしたが、やがて「はあ」と短く息をついて口を開いた。

「慶喜公は、時をかけ過ぎなんですよ」

斎藤一という男は、元来が口数の多い方ではないらしい。短く言葉を発し、できるだけ手数を少なく伝えようとして、また言葉を探す。その間に勝俣があれこれと問えば、首を縦か横に振って是非を示す。そうした問答を繋げて、ようやく話の全容が見えた。

一橋慶喜は、諸藩が幕府に助力せざるを得ない形を作りたい。ゆえに敢えて将軍就任を引き延ばし、徳川宗家を継承するに留めていた。だが長く時をかければ、敵にも策を練る間が与えられる。長州の間者とそれに手を貸す面々は、これ幸いと日々暗躍しているらしい。どうやら薩摩や土佐を通じて公家衆と密談を重ね、朝廷と幕府を引き剝《は》がす工作をしている。

要蔵は「むう」と唸った。

「なるほど。禁裏を動かして……御公儀の頭を押さえる肚か」

「まずいですよ、先生。それじゃあ御公儀と禁裏の戦になる」

勝俣が歯軋りしている。朝廷と幕府の戦いをでっち上げ、徳川を賊軍に落とそうというのが薩長の狙いなのだ。幕臣や諸藩士は、その時どう身を振れば良い。

『少しでも多く皆を導いてくれ』


永井尚志の言葉が脳裏に蘇った。或いは永井は、こうなることも見越していたのか。

「避けられんのか」

「さあ……」

問いかけに対し、斎藤は極めて短く応じた。はぐらかした風ではなかった。京で諸々を探索する新選組、その一隊を任された男にも、どうなるかは分からないのだ。しかし、どうにかなってからでは遅い。皆を導いてくれ――永井の言葉が頭の中で幾重にもこだましている。

「……少しだけでも、導かねばならんわい」

ぽつりと口を衝いて出る。肚が据わり、抱え続けたもやもやが晴れた。

「何です、それは。先生」

勝俣が戸惑いの声を上げる。要蔵は肩越しに後ろを見やり、ぎらりと目を光らせた。

「道理を通すためだけに戦えば、余計に傷が深い。それを避けるために征長軍は兵を退いた。だがな乙吉、傷を負うと分かっておっても、襲われたら自分を守って戦わにゃならんだろう」

幕府と朝廷が争う形を作られてしまえば、幕府からは手を出せなくなる。だが、もしも相手が斬り掛かって来たなら、身を守るべく剣を取るしかないのだ。ちょうど、土浦藩から暇を出された一件と同じように。

要蔵は斎藤に向き直り、深々と頭を下げた。

「目が覚めた思いじゃ。礼を言うぞ」

「いい顔ですよ。戦う男の目だ」

斎藤は「またお会いしましょう」と残し、会釈して去って行った。役目に戻る新選組の黒装束が、四条の漆黒に溶けていった。

*

行きは船だが帰りは陸《おか》である。要蔵は藩主・正益に従い、中山道《なかせんどう》から甲州《こうしゅう》街道を取って江戸を目指した。慶応三年（一八六七）一月十九日、朝一番に府中《ふちゅう》宿を発つ。

今朝の冷え込みは強く、馬に揺られて吐く息は朝靄より白い。そして、その息は重く、胸の内を映したように熱かった。

「森」

少し前を行く正益が、背を向けたまま声を向ける。要蔵は「はっ」と応じた。

「御用にござりますか」

「京を発つ前の晩、永井殿とお会いした」

硬い響きのある声だった。それだけで、何を言われているのか分かる。時代が急な鳴動を始めていた。

昨慶応二年十二月五日、一橋改め徳川慶喜はようやく十五代将軍の任を受けた。尾張、越前、会津、桑名《くわな》、並みいる親藩と共に幕府は一枚岩になる。誰もがそう思った矢先、痛恨の一事が起きた。

十二月二十五日、孝明天皇が崩御した。

頑なに攘夷を唱え続けた帝《みかど》であった。米国との通商条約に際しては勅許を拒み、朝廷との交渉に携わった堀田正睦の面目を失わせている。老中首座の失態は、井伊直弼が大老に就任する足掛かりとなった。

井伊が勅を得ぬまま米国との条約に調印すると、孝明天皇はこれと対立し、攘夷激派の台頭を許した。長州が下関で外国船を襲ったのも、全ては先帝の攘夷思想が引鉄《ひきがね》と言える。それでも井伊が排除された後は幕府に親しみ、将軍後見となった慶喜と密に接した。外交に筋を通そうとする慶喜に対し、孝明天皇はいずれ幕府の力で攘夷を成し遂げようと考えていたのだろう。

ひと癖も二癖もある帝だったが、それでも幕府にとって大きな後ろ楯ではあった。

要蔵は確かめるように、正益へと小声を向けた。

「殿もお疑いなのですな」

崩御に際し、京都市中にひとつの噂が立った。疱瘡《ほうそう》による逝去とされているが、実は殺されたのではないかという。先帝は確かに疱瘡を患《わずら》ったが、それで死に至ったのなら時期がおかしい。命が危うくなるのは高熱が続く頃である。しかし先帝は、それを過ぎて快癒《かいゆ》に向かう中、急に泉《せん》下《か》の人となった。

要蔵の問いに、正益は囁くように返した。

「この先、禁裏が如何様に動くかを見よ」

それからでも遅くないと言いつつ、暗殺に違いないという確信が滲み出ていた。

正益も要蔵も、以後は口を開かなかった。飯野藩主従の行軍は重苦しい空気を纏い、昼を迎える頃になって、麻布の藩上屋敷に到着した。

「然らば、わしは道場に参ります」

要蔵は下馬して正益に一礼し、勝俣を伴って永坂を下った。遠くの左手を見遣れば、道場の前には住み込みの門弟全てが出て待ち構えていた。征長の折に目を掛けた永峰弥吉も駆け付けている。

「先生、お帰りなさいまし」

「お待ちしておりました」

「お疲れ様でした」

門弟たちの出迎えを受けると、やはり嬉しい。要蔵は「おお」と笑みを浮かべ、ひとりひとりを見回した。品川湊で見送りを受けてから一年三ヵ月、皆の顔には少し大人びた緊張が漂っているようだ。征長戦は取りやめとなったが、それは言葉の上の話であり、実のところは幕府の負けであると承知しているからだろう。

「さあ先生、中へ。酒の支度をしてあります」

留守を任せていた野間好雄が朗らかな声を寄越した。にこやかな顔に嘘が見え隠れする。師が戻った今日だけは忘れたい、そう思っているのが伝わった。

その顔を見ると、胸に峻厳な声が響いた。永井尚志の声が「導け」と迫り、正益の声が「頼むぞ」と励ます。そして、自らの声が「共に歩め」と奮起を促した。

要蔵の目が、じわりと細くなった。

「酒は後だ。その前に、皆に話がある。永峰君も来ると良い」

一同の顔が不安げに引き締まる。野間が背筋を伸ばして一礼し、全てがそれに倣った。

師を先頭に、粛々と中に入って行く。道場の板間に至り、門弟たちは前後二列に座を取った。前には左から勝俣乙吉郎、野間好雄、小野光好、大出小一郎。後ろには左から鈴木文質、佐々木信明、玉置仙之助、小松維雄、そして永峰弥吉。要蔵は皆を前に腰を下ろし、まず丁寧に頭を下げた。

「わしは、おまえたちに詫びねばならん」

これまで皆が国論を戦わせていても、やんわりと叱って遮り、稽古を促すばかりだった。こちらの持論を尋ねられても、あやふやに受け流し、はぐらかしてきた。

「若い者は、こう、と思ったら一途になり過ぎる。それで周りが見えんようになっては、ならんと思うたのだ。されど……わしの思い違いだった」

他ならぬ己自身が狭い視野に囚《とら》われた。永井との話、京で斎藤一と交わした言葉、全てを語って聞かせる。

「自分の良いように世の中を動かしたい。左様に大それた欲を満足せんとして、御公儀を賊に落とそうとする者がある。斎藤君の、その話には信を置けるだろう。新選組は会津藩預かりゆえ、隊長にもなれば細かい話を聞いておって当然だ」

要蔵はひとつ息をついて皆の面持ちを窺《うかが》った。驚愕の顔、得心顔、戸惑い。それらの中にあって、鈴木の顔には密かな怒りが宿っていた。前々から幕府への不満を燻らせていた若者である。事実は事実として話さねばならぬが、頭ごなしに言うことを聞かせる気はなかった。

「まあ徳川の世では、確かに割を食う者も多かったわい。けれどな、それでも必ず恩は受けてきたのだ。その恩を忘れ、恨みばかり太らせた輩が、禁裏と御公儀を戦わせようとしておる」

野間の顔に、鈴木とは別の怒りが満ちた。気配の乱れを浴びたのだろう、右脇の小野が耐えきれぬように口を開いた。

「やはり……長州と薩摩なのですか」

「嘘や！　何を言いゆうんちや、小野さん。出鱈目《でたらめ》に決まっちゅうぜよ」

我慢ならぬという風に、鈴木が荒々しく嚙み付いた。要蔵は咎めず、逆に問うた。

「のう文質。先頃、天子様がお隠れになった。疱瘡が治まって、もう大丈夫となってからだ。間が悪すぎ……いや、良すぎるじゃろう」

「……長州か薩摩がやったち仰せなんですか」

要蔵は何も答えない。天皇の崩御によって、十六を数えたばかりの睦仁《むつひと》親王が後を継ぐ。それで一番得をするのは誰だ。歳若い帝を手駒と成し、何もかも思いどおりにできる者は誰だ。沈黙を以て逆に問いかけ、鈴木から眼差しを外して一同を見回す。

「皆も知ってのとおり、我らが殿は会津松平家の縁戚だ。所領こそ少ないが幕府譜代の名家であり、今また若年寄の重責を負うておられる。大坂に上がった折、殿から聞かされたわい。公方様となられた慶喜公は、外国との約定《やくじょう》を謹厳に守り、国としての誠を示すおつもりじゃと」

条約を遵守《じゅんしゅ》して兵庫を開港し、諸外国に大坂両替との商いを認める。将軍就任に当たり、慶喜はこれを明言した。

「征長がああいう形で頓挫《とんざ》したゆえ、やはり御公儀は威信を損なった。それでも、まだ外国からの信用はある。無体に大筒を向けた長州や薩摩より、ずっと国を仕切ってきた徳川が続いて欲しい。そう思われとる」

皆を前に、初めて明かす胸中。そこに、またも鈴木が嚙み付いた。

「大坂の両替が外国と商いなんぞしたら、西国が干上がるやないか！　将軍は国を売ったんや」

「文質、慎め」

「幕府はこの国なんか、どうなってもええんじゃ。外国の信用がのうなったら自分が潰れるき、奴らの犬になる気ぜよ」

野間が窘めるも、激昂が収まる様子はない。口角泡を飛ばしながらの怒鳴り声が続く。

「先生！　さっき、自分のええように世を動かしたいちゅうんは、大それた欲やて仰せでしたろう。そりゃあ幕府のことやないか！　何で薩摩が悪いんじゃ。どいて、長州が悪いんじゃ。答えてくださいよ」

「黙れ！」

野間が腰を浮かせ、拳を振るった。横面を打たれた鈴木が半ば身を倒れさせる。

「確かに西国は干上がるだろう。だが薩摩は抜け荷を繰り返して、国の力を殺いできた。長州は御公儀の頭越しに禁裏を動かそうとして、開国の論を捨てた変節の徒だ。天子様が思し召された攘夷を、自らの剣に使おうとした不逞の輩だぞ。他の西国衆も薩長を助けてきたじゃないか。悪事には報いというものがある」

「おかしいがよ、野間さん。悪事に報いがあるち言うなら、幕府が腐っちゅうのはどうなんや。井伊の奴が大老ん時、何人も無体に殺されたがよ。薩摩と長州は生きようとしただけや。腐った奴らに従うちょったら、死ぬるだけやないか。おまさんは黙って死ぬるんやか」

「おまえは間違っている。薩長には御公儀を超える軍備があった。だからこそ、外国と戦っても勝ち目がないと分かっていたはずだ。分かっていて戦を仕掛け、国を追い詰めたんだぞ」

互いに一歩も退かず、胸座を摑み合っている。要蔵は止めようとしなかった。正しい道を見極めるに於いては、時にぶつかり合うこともある。音を立てて世が動き始めた今、それこそが必要なのかも知れない。もっと早く、こうして本気の論を戦わせてやれば良かった。議論の末に人を斬ったという傷、そこから生まれた我が不明のせいで、弟子たちに皺寄せを食らわせてしまった。

悔いる気持ち、自責の念を察したか、勝俣が居たたまれない面持ちで二人に割って入った。

「野間、鈴木、よせ」

二人の目が勝俣に向き、どちらが正しいか、あなたはどう思うのかと問う。勝俣は少しの躊躇いを見せ、苦渋を湛えた顔になった。

「俺は先生の一番弟子だ。長く養ってもらって、実の親とも慕っている。……それが何を言ったところで、鈴木には届かんと思う」

「おまはんも、わしが間違うちゅうて言うんやか」

勝俣は伏し目がちに、ゆっくりと二度、首を横に振った。

「俺は兵庫で外国の強訴を見ているからな。ペルリ提督の黒船どころじゃない。七つの国の船が海を塞いでいた。分からんか鈴木。御公儀は、勝ち目のない戦を避けて国を守ろうとした。それが崩れようとしていたんだよ」

どうして、そうなった。小さかったはずの危機が、なぜこれほど大きくなった。長州が自らの策のために戦を仕掛けたからではないのか。薩摩が英国人を斬り殺す無法を働き、下手人の引渡しを拒んで戦に及んだからではないのか。勝俣の目が切々と訴える。

「……詭弁《きべん》じゃ。詭弁やないか！　天子様が攘夷や言うちょったに、幕府は聞き流して何もせざったろう。長州は勤皇やったんや。薩摩の話も、幕府が領事裁判権やらいうもんを認めたき、おかしゅうなったんや。殺されると分かっちょって引渡すはずがあるかいや」

鈴木は頑として聞かず、なお吼えた。幕府は西国を干上がらせ、大勢の武士と民を見殺しにしようとしている。藩士ひとりの命を重んじた薩摩の方が、ずっと人を大事にしている、と。

「それが人ちゅうもんやないんか。それでも、わしがおかしい言うんか。先生、答えてくださいよ。黙っちょったら何も分からんぜよ」

勝俣や野間は道理を重んじ、正しい世を望んでいる。二人には誇らしさを覚えた。対して鈴木は情を重んじ、優しく生きやすい世を願っているのだ。土佐で地下牢人として虐げられたがゆえの思いだろう。鈴木文賀という若者が愛しく思えて、要蔵は薄らと笑みを浮かべた。

「人というのは、難しいのう」

溜息交じりに前置きして、勝俣と野間を見た。

「全ての人のために、世の中は正しく動かにゃあならん。おまえたちは、そう言っておる」

次いで、鈴木に慈《いつく》しむ思いを向けた。

「されど、正しいか否かのみで決まる世は息苦しくもある。おまえは、そう思っておる」

他の者たちは、そわそわと落ちつかない。このご時世、若者には自分なりの論があって然るべきだ。それを胸に秘めつつ、どちらにも頷けるところがあると認めているのだろう。

「おかしなものでな、この歳になると分かるもんじゃ。正しい道を進むために、ものごとを間違ったやり方で片付けねばならん時もある」

鈴木の顔が期待に満ちて跳ね上がる。そこに「ただし」と加えた。

「間違った手管にも、必ず、誠がなくてはいかん」

長州は下関で外国船に戦を仕掛け、大敗した。負けると分かっていて、策略のために構えた戦であった。かつては開国を唱えていた以上、万国公法とて知っていただろう。負ければ莫大な賠償金が生じることも承知していたはずなのだ。

「この国を切り盛りしておるのは御公儀で、長州は飽くまでその下にある。御上に尻拭いを押し付ける……端からその肚だったのは疑いない。これは心の誠と言えようか。間違った心で、間違った手管を取るに至った。左様な者共が、言葉も生き方も、食うものも、何もかも違う外国と付き合えるだろうか。どうやったら渡り合えるのか」

幕府が潰れたら、国の動かし方を知らぬ者が舵を取るようになる。その者たちが国の治め方に慣れるには、相当の時を無駄に費やすだろう。その結論は口にせず、言外に匂わせるに留めた。少しでも鈴木の気を落ち着けてやりたかったからだ。

「……やっぱり、わしが間違いやち仰せなんやね」

鈴木の目が涙を湛えた。要蔵は、のんびりと首を横に振った。

「おまえは優しい子だ。そういう心には誠がある。じっくり考えてくれと言うたんじゃ」

そして深く溜息をつき、両手でパンと膝を叩いた。背筋が伸び、声に強い張りが出る。

「外国と大坂両替との商いは、約定を果たして誠を示すためだ。もっとも西国は、やはり苦しくなろうな。そこで薩長は公家衆に手を回し、禁裏を動かさんと……これが成らば、もう戦は避けられん。御公儀は賊に落とされる。が……わしは思うのよ。正義と誠は、果たしてどちらにあるのかと」

国の舵取り役、その力の奪い合い——幕府と薩長のしてきたことは同じだ。しかし幕府は、少なくとも日本を負け戦に追い込まぬ道を探り続けた。そのために国の一統を重んじ、国として外国と交わろうとしたのである。もっとも、これによって諸藩に得られるものはない。外国の品が商われるようになれば、職人や民百姓には割を食う者も出る。正しい世を求めて、間違った手管を使ったと言えるだろう。

ゆえに薩摩は密貿易に及んだ。しかし、これは明らかに国の益を損なう行ないであった。その薩摩でさえ、かつては長州を京の政治から排除する動きに手を貸した。自らの利を満たさんとする長州の行ないが、きっと日本に傷を負わせるからだ。

間違った手管にも須《すべか》らく誠のあるべし。先に発した言葉を目に込めて、ひとりひとりと眼差しを交わした。

「御公儀は薩長の嘘を知っておる。或いは先帝のご遠行《えんこう》……まあ、これは『大いに疑わしい』くらいの話だが、そこら辺にも勘付いておるはずだ。薩長にしてみれば、国を握るだけでは終われまい。御公儀に連なる筋の根絶やしを狙ってくる」

幕府を賊に落とさんという動きには、積み重なった汚穢《おわい》を覆い隠す狙いが少なからずある。それを押し通すのは、本当に国の行く末を思っての働きと言えるのだろうか。

「死人に口なし、よ。斯様なやり方は不義だと、わしは思う。ゆえに、戦になれば御公儀の側に立って身を粉にする覚悟だ」

要蔵は門弟と永峰を前に、平伏の体となった。

「その時、わしと思いを同じくする者は共に戦ってくれ。だが無理にとは言わん」

しばし静まった道場の中、ぽつりと声が聞こえた。

「俺は旗本ゆえ、先生と共には戦えません。ですが、別の空の下で同じ戦いをするでしょう」

永峰であった。要蔵は顔を上げ、笑みを浮かべて「うん」と頷いた。

「俺は、どこまでも先生に付いて行きますよ」

「先生が俺と同じ思いだと知って、命を賭ける気になれました」

勝俣と野間が続く。大出小一郎、佐々木信明、小野光好、玉置仙之助、小松維雄。皆が「俺もです」「私を忘れないでください」「やってやろう」と声を上げた。

そうした中で、やはり鈴木だけは顔を背けていた。

「わしゃ嫌ぜよ。皆と違って飯野に仕えとる訳やない」

「言ったろう。無理強いはせんよ」

鈴木は「それなら」と顔を前に戻した。

「好きにさせてもらうぜよ。先生はいつも、自分の言うことだけが正しいて思っちゅうが」

目を吊り上げ、滂沱の涙を流しながら、恨み言が溢れ出た。

稽古にしても、一度たりとて俺を認めなかった。試合では勝俣にさえ勝っているのに、駄目だ駄目だとしか言われなかった。今日も同じだ。俺の言い分は全て間違いと決め付けて、自分の思いに従う者だけをかわいがっている、と。

「そんな人が思っちゅう正義なんか、それこそ偏った嘘やないか！」

涙声をがらがらに割って搾り出し、鈴木はすくと立った。

「これまでです。やけんど、今日まで養うてもろうたんは……ありがとうございました。嬉しかったがよ。どこの馬の骨とも分からん男を」

そして一礼し、脱兎の勢いで駆け出した。

「おい鈴木！」

「文質、待てよ」

佐々木と玉置が慌てて後を追う。しかし要蔵が発した「よさんか」のひと言で足を止め、躊躇いがちにこちらを向いた。

「いいんですか。先生の気持ち……あいつ、思い違いのままで」

玉置が眉をひそめる。心配なのだろう。己とて同じである。

鈴木がこの道場に来た日を思い出した。ぼろぼろになって、死にかけていた。飯を食わせてやった時の涙は、生涯忘れまい。稽古に身が入っていないと、いつも叱ってきた。だが鈴木は、ずっとあの時のまま、清らかなままだった。だからこそ、今こうして袂を分かつことになったのかも知れない。要蔵は胸の痛みを吐き出すように語った。

「心は砕いてきたつもりだが……。つもり、だけだったのかも知れん。伝わらんかったのは、わしの咎だ」

そして野間に向き、無理に明るく「さあ」と発した。

「酒の支度があるんだろう。皆で呑もう。固めの杯《さかずき》と、それと」

鈴木の行く末に幸こそあれ。願いを込めての杯だ。思う目頭が熱く、滲みるように痛かった。

四　卑劣なり薩摩

障子を閉め切った部屋は昼日中でも薄暗く、秋も名ばかりの七月初めとあって実に蒸し暑い。だが、いずれ余人に聞かれたくない話があるのだろう。そう思い、要蔵は我慢していた。もっとも、明かされた話に暑さなど忘れてしまった。

「は？」

このお方は何を言っているのだ。鳩が豆鉄砲を食らったような顔になる。

「だから。若年寄を辞めると申したのだ。わしは病ゆえな」

向かい合う正益は、こともなげに繰り返した。

はて、と記憶を辿って「そう言えば」と思い当たった。征長軍が解体されて戻る道中、主君は江戸も目前の府中宿で三日ほど寝込んでいる。

「ただの風邪だとばかり思うておったのですが……そこまでお悪いとは」

確かな志を持ったお方なのに――沈痛な思いに胸が締め付けられる。眉尻が下がり、半開きの唇が微《かす》かに震えた。

ところが正益は、困ったように眉をひそめた。

「は？」

「え？」

「何を申しておるのだ、森」

分からない。あたふたと部屋のあちこちを見回すも、それで何が見付かるはずもなかった。

「あの。府中宿の、あれではないのですか」

「お主という奴は、結構抜けたところがあるのだな」

「……嘘、なのですか」

正益は呆れ顔で含み笑いを見せ、小さく頷いた。

「お役目を免じてくれと願い出たのは本当だが、病ゆえではない」

軽く手招きされて、にじり寄る。互いに手を伸ばせば届く辺りまで進むと、正益が身を乗り出して囁いた。

「戦の気配がある」

先月、薩摩と長州が倒幕で意を同じくしたという。未だ表立った動きは見せていないものの、長州は英国式の鉄砲や大砲などを揃えている。征長の失敗によって、ひととおりの武備と兵を温存させてしまったのが痛い。

「薩摩とて同じよ。先代・斉彬殿の頃から、飛び道具は自前で造っておったからな」

「確かにそうですが。殿は、どこからその話を?」

「会津の容保殿。新選組だ」

要蔵の胸に斎藤一の顔が思い浮かんだ。元々は浪士の集まりだった新選組だが、探索を繰り返した日々は伊達ではなかったらしい。長州の間者を探っているうちに、薩摩との繋がりが強く臭ってきたのだろう。

「先手を打つ……訳には、いかんでしょうな」

それができれば征長戦とて負けなかった。兵の士気と武備が見劣るからこそ、先代将軍・家茂の薨去によって兵を退いたのだ。幕府は今、その差を埋めるべく奔走している。

　主君は、こちらと同じような苦い面持ちで頷いた。

「薩長の者共め、禁裏にも伝手を持ったらしい。岩倉《いわくら》様だ」

「あの岩倉様が？」

　岩倉具視《ともみ》――下級公家から先帝・孝明天皇の近臣に昇り詰めた男である。井伊直弼が斬られた後には、幕府と誼《よしみ》を通じるべく先帝に建言し、公武周旋に大きく寄与していた。そのために佐幕派と見られ、やがて尊攘派に排斥されて蟄居《ちっきょ》に追い込まれている。

　正益は目元を厳しく引き締め、乗り出していた身を真っすぐに直した。

「聞いたことはないか。岩倉様は征長にも反対されていた。国の力を損なうと……そこに薩摩が目を付けて、取引したのなら辻褄が合う」

「取引……。え？　取引、ですと？」

「岩倉様は未だ赦免されておらん。だが遠くはあるまい。それに蟄居の身とは申せ、公家衆に及ぼす力まで失った訳ではない」

　頭に鉄砲弾でも食らったような、強い衝撃が要蔵の総身を貫いた。

　新たな天皇が即位するに当たっては、罪人とされていた者が大赦されるのが常である。薩長が岩倉に近付き、赦免と朝廷政治への参与を持ち掛けたのだとしたら。その見返りに、薩長にとって都合の良い勅命を発して欲しいと頼んだのなら。岩倉に近しい公家衆が、孝明天皇の疱瘡を逆手に取ったのなら。先帝の崩御という事実に、どす黒い縁取りが広がってゆく。

「ならば先帝は！　薩長の……生贄《いけにえ》にされて」

厳とした正益の目元が、遠くを見るように泳ぎ始めた。

「奴らは手強くなった。いずれ、御公儀を倒せと勅が下ろう」

「では殿は、御公儀との関わりを断つために？」

征長の頃から、正益は幕府方として戦う肚を固めていた。だが朝廷が敵の背を押すようになったのなら、ことはそう容易《たやす》くない。幕府譜代の飯野藩として薩長と戦えば、必ずや徳川家に累が及ぶ。

正益は、静かに頷いた。

「その時が来たら、保科は徳川を離れる。同じ思いの藩も多かろう。お主に話したのは、兵を任せるべき者だからだ。心しておいてくれ」

いつでも幕府と手を切れるようにするため、若年寄を返上する。主君の思惑を知り、要蔵は額にひと筋の汗を流した。

「殿のお覚悟、確かに。してお役目を辞する件、御公儀からの返答は？」

向かい合う顔が、もの憂げに曇った。

「まずは養生せよと。まったく、御老中たちは分かっておらん。いずれ再び嘆願してみる」

飯野藩上屋敷を出て、要蔵は目の前の永坂を下った。さて自分はどういう支度を進めれば良いのかと、頭を悩ませる。

「森殿。森先生」

しわがれ声を向けられ、はたと我に返った。家主の岡仁庵が、薬箱を提げた弟子を従えて、目の前に立っていた。

「如何なされた。どこぞに用でも、おありで？」

「いえ。道場に戻……」

仁庵の背にある門が目に入った。まさにここが岡家の屋敷、森道場である。上屋敷からほんの二、三町、考えごとをするには短すぎる道のりだった。

「こりゃいかん。うっかり素通りするところだった」

頭の後ろをぺたぺたと叩く。その様子を見た老医師が、鷹揚に笑った。

「物騒な世の中ですからな。先生も気を揉んでおいでなのでしょう。されど、病は気からと申しますぞ。ご自愛召されい」

「何の。病に倒れておる暇などありませんわい」

ぐはは、と笑う。その顔が寸時に変わった。口を大きく「あ」と開き、目も、鼻の穴さえ拡がっている。仁庵が「おやおや」と肩をすくめた。

「今度は何です。お入りになりませんのか」

「仁庵先生！」

要蔵は、頭ひとつ小さい仁庵の両肩を摑んだ。向こうは目を白黒させているが、構わず「頼みごとがある」と捲し立て、自分の部屋まで引っ張って行った。

「いやはや、驚きましたな。して、頼みごととは？」

部屋の障子を閉め切って膝を詰める。要蔵は深々と一礼し、真剣そのものの目を向けた。

「先生は家茂公の御典医を務めておられた。御老中にも、お知り合いは多うござろう」

「役目柄、それなりには」

「そこを見込んで、ひとつ力をお貸し願いたい」

藩主・正益が、病を口実に若年寄を退きたいと嘆願している。しかし幕府は養生せよと返すばかりで聞き容れてもらえない。ついては「正益の病は重い」と証言し、何とか嘆願が認められるように働きかけてはくれまいか。語るほどに、仁庵の顔が機嫌を損ねていった。

「お話からすると、保科公の病というのは嘘なのでしょう。偽りの病を『重い』と証言せい、などと……愚弄しておられるのか」

「そこを何とか。このとおりです」

要蔵は、がばと平伏した。そして顔を上げ、まだ足りないかと、頭を畳に叩き付ける。

「先生はお医者様であって、わしらのような御公儀の兵ではござらん。ゆえに細かくはお聞かせ致しますまい。巻き込みたくは、ござらんゆえ。ですが！」

障子を閉めた甲斐もないほどの大声になってしまった。顔を上げれば、間近で聞いていた仁庵は少し仰《の》け反《ぞ》り、耳を塞いでいる。それでも要蔵は、腹の底から湧き上がる気勢をぶつけた。

「これは御公儀のため、公方様のため、正義のため、世の中のためなのです！　この国のためなのです。どうか、曲げてお聞き容れくだされい」

仁庵は難しい顔で瞑目し、身を反らせたまま腕組みをする。その背が次第に丸くなり、うな垂れるように首が真下を向いた。

「……長い付き合いですからな。貴殿がどういうお方かは存じております」

そして、肚を据えたように顔を上げた。

「分かりました。そこまで仰せなら、きっと私には分からん何かがあるのでしょう」

「おおお！　お聞きくださいますか」

老医師にすがり付き、斜め下から顔を寄せる。仁庵は苦笑して「少し近い」と言うように、こちらの額を両手で優しく押し戻した。

「私は森道場の家主ですからな。その伝手で、保科公を診《み》たことにしておきます。そうですな。命に関わる病ならざるも、今は若年寄の重責に耐えること能《あた》わず。で、よろしいか」

「恩に着ますぞお」

要蔵は座ったまま後ろに跳び退き、幾度も額で畳を打った。

数日後の慶応三年七月十一日、保科正益は若年寄をお役御免となった。老中・松平康英《やすひで》の裁定である。仁庵によれば、康英はこの証言を嘘だと分かっていて認めたのかも知れない、ということであった。

＊

「然らば、わしはこれで。江戸表のこと、何かあらば報せるようにな」

重臣たちを前に、主君が小声で命じて駕籠《かご》に乗り込む。その頭は月代《さかやき》を剃らない「惣髪《そうはつ》」に変わっていた。全ての髪を後ろに流して髷を結う、儒者に多い髪形だが、当代では志士たちも好んでいる。大名の惣髪は異例だが、自身には確たる思想があると示したのだろう。

「進め」

五十の兵に守られた行列が静かに進み始めた。見送りに参じた飯野藩士が一斉に頭を下げる。遠ざかる足音を聞きながら、要蔵は曲げていた腰を元に戻した。

「先生。戦は近いのですか」

背後に並ぶ門弟たちから、勝俣が小声で問う。要蔵は振り向かず、軽く俯くように頷いた。

「まあ、遠くはあるまい」

勝俣を始め佐々木、小野、大出、玉置、小松ら、誰もが無言で気勢を弾けさせる。そうしたものを抑えきれないように、野間の声に熱が満ちた。

「では、今日も参りましょう」

皆が「よし」と頷き合い、行列の見えなくなった上屋敷を後にした。

向かった先は北に一里余り、水道橋《すいどうばし》である。江戸城外堀の内には、かつて旗本に洋式訓練を施した講武所——今では陸軍所に属する砲術訓練所があった。

旗本衆の屋敷が静かな佇まいを並べる中、相応《ふさわ》しからぬ銃声が耳に飛び込んできた。そうかと思えば大砲が空砲を放つ。ドンと腹に響き、次いで地面から足に響いた。堀沿いから南へ回り、門に至って取り次ぎを請えば、少しして出て来たのは、あの永峰弥吉だった。

「森先生、ご熱心ですな。このところ三日にあげずお見えになられる」

「君のお陰で無理な願いが通ったのだ。少しでも鉄砲や大筒を鍛錬して、御公儀の役に立たねば申し訳ないからな」

要蔵と門弟たちは飯野藩士であり、旗本ではない。講武所を前身とする陸軍所には出入りできないはずだが、永峰を通じて上役から上役へと頼み込み、特別に許しを受けていた。

「俺の手柄じゃありませんよ。江戸で知らぬ者なし、先生の名があったればこそです」

永峰はそう言うが、己の名がさほどに利いたとは思えない。今の幕府はひとりでも多く砲術に通じた兵が欲しいのだ。それが剣士・森要蔵ならなお良し、くらいであろう。

ともあれ中に入る。鍛錬の場に至ると、門弟たちは幕府軍が使うオランダ製のミニエー銃を持ち、一町半の先にある木の的に狙いを付けた。的は一尺（一尺は約三十センチメートル）四方に整えられているが、ここからでは指で輪を作ったくらいの大きさにしか見えない。

「てーっ」

勝俣の号令で、皆が一斉に引鉄を引く。寸時の後、乾いた音と共に的が割れた。もっとも、どれも弾け跳んだのは端の部分だけである。

「まだまだ！　こんなものでは、いかん」

野間が再び構え、合図など無用とばかりに次を撃った。先には右上の端を砕いていたが、今度は左下だった。勝俣が「おい」と眉をひそめる。

「もっと慎重に狙え。戦になれば、敵とはこの倍も離れているんだぞ」

「慎重にやっていたら敵の方が先に撃ちますよ。パッと構えて真ん中を狙えるように、鍛錬あるのみです」

三度めの正直、と放った弾は的に掠りもしなかった。

弟子たちの姿を見て、要蔵は小さく唸った。住み込みの面々はいずれ劣らぬ剣士だが、やはりそれとは勝手が違う。胸に「付け焼刃」のひと言が浮かぶたび、小刻みに頭を振って「やらぬより、まし」と自らに言い聞かせた。

門弟に銃砲の扱いを学ばせる一方、要蔵は国許との連絡を怠らなかった。飯野では藩主・正益が兵を束ね、銃を掻き集めているという。またぞろ国家老の樋口盛秀が、銭の工面で四苦八苦しているのだろうか。時節が時節だけに、このところ月に六度と決められた国許での剣術指南にも帰っていない。

さすがに、そろそろ飯野陣屋に顔を出さねば。思った矢先の十月半ば、その一報が入った。

「先生」

勝俣が部屋を訪ねて来た。朝の稽古を終えて上屋敷に参じたはずが、やけに帰りが早い。

「どうした。急ぎの報せか」

「はい。殿が江戸に上がられると。三日後です」

要蔵の背に嫌な痺《しび》れが走った。

正益は若年寄を退いた後、江戸城大手門に向かって左、馬場先門《ばばさきもん》の警護を仰せつかっている。要職を辞したのが病という建前だったため、火急の折に限った役目であった。それが江戸に上がるとは、今こそ非常の時ではないのか。

「一大事やも知れん。乙吉、おまえは殿が江戸に上がられるまで藩邸に詰めてくれんか」

「では何かあったら、すぐにお報せしましょう」

「頼むぞ」

翌日、翌々日と、要蔵と門弟たちはやはり陸軍所に通った。正益の上府について、勝俣から特段の報せはなかった。

そして当日――。

「殿、御成り」

上屋敷前に間延びした声が渡る。正益が窮屈そうに駕籠から降りた。藩士一同が出迎えて頭を下げる中、要蔵は無礼と知りつつ、すぐに「殿」と声をかけた。

「きな臭いのですな」

皆の目が集まる。正益は強張った面持ちで、口元だけを「さすがだな」と歪めた。そして皆を見回し、大声を上げる。

「知行取《ちぎょうとり》の者は、全て大広間に参じよ」

幕府にも藩にも身分の違いがある。藩の蔵に入った米から必要に応じて払い出しを受ける「切《きり》符《ふ》取」や、日割りの扶持《ふち》米を受ける「扶持米取」などと違い、知行を以て召し抱えられた「知行取」は重臣であった。

要蔵はわずか六十石ながら知行取である。他の重臣と共に屋敷に入り、大広間へと進んだ。五人ずつの列が三つできて、要蔵はひとりだけ四列めに腰を下ろした。

皆を前にした正益は、厳かに、そして極めて平坦に発した。

「申し伝える。六日前、上様が禁裏に大政《たいせい》を還《かえ》し奉《たてまつ》った」

大広間の時が、止まった。江戸開府から実に二百六十四年、日本の舵取りは徳川幕府に任されてきた。その、あまりにも偉大な年月が終わりを告げたのだ。皆が息をひそめていた。

「何ゆえです！　薩摩か長州の横車にござりましょうや」

沈黙に耐えきれぬように、先頭の列で声が上がった。これを皮切りに、三十畳敷きは幾つもの困惑と怒り、悲嘆が飛び交った。

「静まれ」

主君の落ち着いた声で、再び皆が口を噤《つぐ》む。重臣たちに一応の落ち着きを認めると、正益はおもむろに告げた。

「薩摩と長州に、討幕の詔《みことのり》が発せられた。公にはされておらん。密勅だ。されど上様はそれをご賢察なされ、戦を避けるべく先手を打たれた」

薩摩、長州。背後には岩倉具視。偽勅に違いなかった。

征長が頓挫して幕府の威信は地に堕《お》ちていた。偽勅がなくとも遠からず命運は絶たれていたであろう。しかし戦の上で倒されるのでは、徳川は完全に賊となってしまう。多くの幕臣、各藩にも藩士たちの暮らしがあるのだ。抱えた者を養い、また徳川が生き残るためには、武力での倒幕だけは絶対に許してはならなかった。

一々を説かれ、要蔵を除く皆は一様に俯いて無念を滲ませた。正益はその気持ちを汲むように大きく頷き、しかし声を張って鼓舞した。

「下を向くな。日本は天子様の国だ。上様のなされたことは正しい。されど、果たして禁裏に政《まつりごと》の実を執る力があろうか」

問いかけの形で言葉を切り、大きく息を吸い込む。大喝するように「ない」と続けられた。

「二百年以上も、国の実を視てこなかった。差配する力も、仕組みも、禁裏には何もない。では薩摩がやるのか。それとも長州か。違う！　確かに両藩は力を付けてきたが、所詮は片田舎の政しか知らぬ者共ぞ」

朝廷とて、否、岩倉の如き切れ者だからこそ、国を動かす難しさは承知している。いきなり実権を渡されても、詰まるところ幕府を頼む外はない。

「分かるであろう。それを突き付けるべく、上様は不意討ちを食らわせたのだ」

正益の言を聞き、重臣衆が軽く安堵の息をつく。

要蔵は心中に「それは嘘だ」と呟いた。何ゆえ安堵するのか。知れた話、誰もが「考えたくないこと」を考えないようにしているだけだ。

「殿。ひとつ伺いとう存じます」

「何だ、森」

待っていた、という顔が向く。ならばと胸を張って問うた。

「この先、国の政は如何様な形になるのです。禁裏が御公儀を頼るにせよ、今までと同じとはならんでしょう」

「禁裏の名の下に、参与会議なるものが発せられる。上様を始め、諸藩の話し合いで国を動かす仕組みだ。もっとも、日本の全てをどう扱うかなど御公儀にしか分かるまい。会議の旗頭となるのは上様、という寸法だ」

「薩長が黙っておればの話ですな」

自らの益のため、権謀術数の限りを尽くしてきた両藩である。明るみに出せないことも山ほど抱えているのだ。徳川慶喜に手綱を握られては、いつ何時それを暴かれるかと、怯えながら過ごす他はあるまい。

「此度の御成り、大政の一件を伝えるためだけではござりますまい。馬場先の警護をせよと仰せつかったはず」

要蔵の駄目押しで、偽りの安らぎに逃げていた面々も肚を括ったらしい。武士として本分を果たすべき時なのだ、と空気に一本芯が通る。正益は満足を見せて力強く頷き、峻烈な声を上げた。

「京都守護職、会津容保公より報せが参っておる。薩摩の西郷吉之助《さいごうきちのすけ》が、何人かを江戸に走らせたそうだ」

謀略――徳川の足を掬わんとして、何かが動いている。非常時の警護番が召し出された理由であった。

「薩摩は何を企んでおるのです」

要蔵のすぐ前で問いが上がる。正益は「そこまでは分からん」と返した。

「だが……食い止められねば、戦になる恐れは十二分にある。皆々、心して市中の動きに目を光らせるように。以上だ」

これを以て散会となり、各々、足早に藩邸を辞して行った。要蔵も道場に戻り、門弟たちを集めて申し渡した。しばし陸軍所通いをやめ、出稽古を増やすべし。行き帰りの道中や出稽古の先で少しでもおかしな気配があれば、間違いでも構わぬ、全て報せよと。

しかし何も摑めぬまま、時だけが過ぎて行った。

＊

麻布永坂下の辻に、十何人かの人だかりがあった。町人と武士とを問わず、入り交じって見上げる高札には「王政復古」の文字が誇らしげに躍っている。そこへ一陣の風が吹き抜け、枯葉が旋毛《つむじ》を巻いた。人の中で寒さを紛らわそうとしてか、師走の忙しない足を止める者が増えていく。

「よう、これ何て書いてあんだ。おめえさん分かるかい」

「おうよ。おいら寺子屋に通ってたからなあ。これからは公方様でなく、天子様の国になるんだってよ」

「へえ。どっちでも構ぁねえが、物騒なのはおヨシちゃんにして欲しいぜ」

要蔵は少し離れたところで、その様子を憮然と眺めた。

王政復古の大号令は七日前、慶応三年十二月九日に発せられた。大名には、町人に二日先んじて十四日に布告済みである。要蔵は力の抜けた溜息と共に場を離れた。永坂を少し上れば道場である。緩やかな坂が、今日ばかりは難儀に思えた。

日本が天皇の国となることは既に決せられていた。改めて大号令など発布したのは、徳川が国政から排除されたと知らしめるためであった。

大政奉還に伴って諸侯会議が発足した以上、幕府の力は如何様にも削ってやれる――その思惑が外れ、薩摩は焦っていた。諸侯参集の上での朝議が、徳川慶喜を議定の要職に加える方向に傾き始めたからだ。

そこで薩摩は強引に動いた。十一月に赦免されたばかりの岩倉具視と謀り、芸州《げいしゅう》と土佐、そして親藩・尾張と越前の重臣を恫喝して抱き込んだ。

この四藩に薩摩を加えた軍兵が、御所の九門を封鎖して乗っ取った。摂政《せっしょう》・二条斉敬《にじょうなりゆき》を始め幕府寄りの公卿が参内を禁じられた中、岩倉が王政復古を唱える。そして徳川の政を「失政」と詰《なじ》り、許しを請うなら官を辞して所領を返上せよと叫んだ。

「何が失政なものか」

道場の前で吐き捨て、要蔵は門をくぐった。

辞官は良しとしても、所領を返上すれば夥《おびただ》しい数の幕臣を路頭に迷わせる。無数の命を人質に取り、助けたくば戦えと強いるに等しい条件だ。だからと言って戦に訴えれば、やはり賊軍の烙印を押される。どちらに転んでも、何をどうしても叩き潰してやるという姿勢など、それこそ賊心ではないか。あまりにも人としての誠がない。

気が付けば、自分の部屋に辿り着いていた。荒く障子を開けて中に入り、叩き付けるように閉める。怒りのままに身を投げ出し、畳の上で大の字になった。

「まんまと踊らされたわい。殿も、わしも」

正益は「西郷吉之助が何人か江戸に送った」と言っていたが、あれは江戸に何かあると匂わせるための陽動だったのか。幕府側が、そのくらいで京の動きを見落とすはずもない。だが全てを摑むのは難しくなったはずだ。目を逸らした寸時の隙に、この謀略を進めたのだとしたら。

無念だ。徳川慶喜は大坂に移って勤皇の意を明らかにしたが、それだけでは済むまい。慶喜が薩長の裏側を知り抜いている以上、向こうは何があろうと潰しに掛かる。

「わしゃ、もう何もできん。これから……どうなるんかのう」

発する声から、怒りの力がすっかり失われていた。諦念に彩られた呟きは、齢五十八の老境を自覚するに足るほど弱々しい。目には薄らと涙が浮いた。

それから七日、要蔵は部屋に閉じ籠り、飯もろくに食わなかった。水を浴び、蒲団を畳むという毎朝の決めごとすら果たしていない。門弟たちが気遣って「稽古を付けてくれ」と訪ねるも、全て「気が乗らぬ」と退けていた。

敷きっ放しの蒲団に横たわり、ぼんやりと天井を見つめている。行灯の明かりすら点けず、ひと晩中ぼんやりしていた。

外が仄《ほの》かに明るくなった。まだ日の出には早いはずだが。

「ん？」

ふと障子に目を遣れば、上半分に、ぼうっと橙《だいだい》色が染みていた。

「火？」

かつて千葉道場「玄武館」に学んだ頃から、こういうことには幾度か覚えがある。特に十二年前、安政二年には地震があり、あの折には——。

「火事……」

身を起こし、這って行って障子に手を伸ばす。しかしそれより早く数人が駆け付け、勢い良く開け放たれた。

「先生、火事です。お城で！」

勝俣であった。野間と小野、小松も参じている。四人の背では、未だ漆黒のままの空が忌まわしいばかりに赤く彩られていた。

「まさか」

要蔵の呟きに、野間が大きく頷いた。

「先生、仰っていたでしょう。薩摩の手の者が江戸に走ったと」

京の政変から目を逸らすためではなかった。もっと痛烈な一手だったのだ。

「いかん。おまえら、ここを頼むぞ。わしゃ殿に会うて来る」

言い残すと、どたどた走って道場を出た。

永坂を駆け上がると、藩邸からは数人が飛び出し、逆にひとり二人と駆け戻っている。門衛に手を挙げて「森だ」と叫び、要蔵は案内も請わずに主君の部屋に向かった。

「殿！」

「森、どうした。こちらは手が足りておる。お主は道場を守っておけ」

驚いた顔の主君に向け、ぶんぶんと激しく首を横に振った。

「いけませんわい。こりゃ薩摩とエゲレスの戦そのものですぞ」

生麦事件の下手人を引渡すよう求めた英国に、薩摩藩は砲撃を以て応えた。それと全く同じなのだ。

「あの時は薩摩から手を出しました。エゲレスは約定に従って、いきなり大筒を撃ち込もうとはせなんだのです。されど此度は御公儀と薩摩です。この国の法度に照らせば、下手人を匿《かくま》った者は成敗できる」

「あ！」

正益が寸時に青ざめた。

江戸城、二之丸の火事。これが薩摩藩士の手によるものなら、どうなるか。薩摩は決して下手人を渡さないだろう。

「今の禁裏は……薩摩そのものだ」

呆然と呟き、正益はがばと立ち上がった。

「誰かある！　供をせい。お城に上がって御老中にお目通りを求める」

下知ひとつ、主君は飛ぶように駆け出して行った。法度に則り、幕府が手を出す。そう仕向けることこそが薩摩の、西郷吉之助の狙いだと知らせるためであった。

だが江戸城は、そもそも火消しだけで手一杯である。不時登城――予定のない登城に関わり合っている暇などなかった。

十二月二十五日、未明の江戸市中に大砲の轟音が上がった。撃ち込まれた先は三田《みた》、薩摩藩上屋敷である。道場とは概ね半里しか離れていない。薩摩藩邸から昇る煙と炎を、要蔵は永坂から呆然と眺めた。

放火は死罪と決まっている。下手人を匿った薩摩藩邸に対し、大筒を撃ち込んだのも当然と言えるだろう。しかし、これによって薩摩は慶喜追討の口実を得てしまった。

「戦が始まる……」

要蔵は奥歯を噛み締め、強く身を震わせた。恐怖ゆえでも、冬の寒さが理由でもない。これまで国のために最善を尽くしてきた人たち――幕府と徳川が朝敵となる。その無念ゆえであった。

「森」

砲撃の轟音に紛れ、声が渡った。耳に慣れた声音に驚いて振り向けば、坂の少し上、道の端に陣笠姿の正益があった。ひとり歩きだった。

「殿。何とて供も連れず」

「お主に詫びとうてな。せっかく敵の肚を教えてもろうたが……間に合わなんだ。ようやく御老中に目通りできたのに、半時前では止めようがなかった」

正益が警鐘を鳴らした頃には、もう捕り方と庄内藩兵が下手人を追い詰めていたのだという。

遣る瀬ない思い、苦悩を湛える顔、がくりと落ちた肩。己以上に無念を湛えた主君の姿に、要蔵は涙を溢れさせた。夜空の紅蓮《ぐれん》が頬に跳ね返り、乱れた光の中に辺りの全てが滲んでいった。

五　義は会津にあり

薩摩藩邸の焼き討ち以後、江戸は何ごともなく正月を迎えた。幕府陸軍所では相変わらず砲撃の鍛錬が施され、江戸湾では軍艦が行き来する物々しさだが、町人たちはどこ吹く風で新年を祝ったものだ。そして松の内が過ぎ、十一日になった今、常と変わらず生業《なりわい》に精を出している。

「何でしょうね、これは。いつもよりずっと賑やかですよ」

出稽古の帰り道、芝の地に差し掛かった辺りで、野間が戸惑いも顕《あら》わに小声を寄越した。要蔵は「そうだな」と応じて辺りを見遣る。向こうに見える増上寺の御成門《おなりもん》前には様々な物売りが屋台を出し、芸人が得意の技を披露して往来の足を止めている。子らは楽しげに歓声を上げて駆け回り、そうかと思えば商人の大八車が忙しなく行き過ぎた。どの顔も、無駄なほどに生きる力を溢れさせていた。

「こんな時だから、かも知れんな。せめて笑っておらんと気が塞いで仕方ないんだろう」

「そういうものでしょうか」

得心できない、という返答である。が、少しすると「あ」と声を上げて足を止めた。

「仰せのとおりかも知れませんね」

「どうした？」

「ほら。あれです」

武骨な面相が眺める先には掛け茶屋があった。斜めに立て掛けた葦簀《よしず》の陰から、休んでいた客が出て来る。茶店の娘は「またどうぞ」と愛想よく見送っていたが、客が立ち去った途端、笑みはすっかり消え失せて暗く沈んだ顔になった。

「町人は町人で世を憂えているんだ。でも……逞《たくま》しいものですね」

弟子の口から、恥じたような呟きが漏れた。

変事ひとつで命運が変わる世情の中、主君と一身同体の武士は如何にしても浮かれてなどいられない。野間はそう思っていたのだろう。だが、何かあれば先行きが変わるのは町人も同じなのだ。容易く命を落としはしないというだけで、日々の暮らしは間違いなく世の動きに押し流される。

要蔵は「うん」と頷き、肩越しに後ろの顔を見上げた。

「人というのは、どんな時でも世の中でしか生きられんものだ。武士も、町人もな」

「はい」

野間の目元が凛と引き締まり、しゃっきりと頷いた。このご時世、武士は自ら道を切り拓ける立場である。ならば皆の憂いを払わねば。少なくとも、そうなるように力を尽くさなければ。若者の面持ちに確かな灯りが点る。

それが、すぐに掻き消された。

「て、大変だあ！　くぼ、くぼ公方様だあ」

道の向こうから、町人が泡を食って走って来た。それも逃げるように。

ただごとでない。野間と顔を見合わせ、頷き合って駆け出した。いつもなら右手に折れる御成門の辺りを素通りし、真っすぐ南へと人混みを擦り抜ける。四半里も進まぬうちに、軍兵の行列が目に入った。

「何じゃ、こりゃ」

要蔵は足を止め、息を切らしながら呟いた。徳川の大旗こそ掲げているが、これが将軍の行列だと言うのか。何より数が少ない。征長の折に講武所の旗本を百ほど率いたが、まばらな人の群れは、多く見積もってもそれを超えてはいないだろう。しかも行列には輿《こし》も駕籠もなく、高位と思しき人影は毛艶《けづや》の悪い馬に跨っている。

「先生。控えないと」

着物の袖をつんつんと引かれ、慌てて道の左端に退くと、跪いて耳をそばだてた。行軍の先頭では「下に、下に」と声を上げる者がある。その声も、近付く人馬の足音も、全てが疲れきった気配を滲ませていた。

ちらと盗み見れば、細面に大きく鋭い目元、太い吊り眉の壮士が馬に揺られている。これは会津藩主・松平容保ではないのか。藩主・正益に聞いた面相そのままであった。続いて葵紋《あおいもん》の大旗と馬が通り過ぎる。容保と同じような輪郭の顔、怜悧《れいり》なものを思わせる切れ長の目、恐らくは徳川慶喜であろう。

寡兵を引き連れての行列は、ほどなく沿道に下座した人の中を抜けて行った。野間が憂いの息をつく。

「大坂で何があったんでしょう」

「分からんが……沈みきっておった。もしや」

似たような気の澱みには覚えがあった。玄武館に学んでいた若き日、負けられない相手に後れを取った時に、である。

つまりは戦が起き、そして負けたのだ。が、それを口にするのは憚られた。そもそも薩長と戦ったという報せすら、江戸には届いていない。まずは仔細を明らかにしなければ。

「好雄。藩邸に上がるぞ」

「ええ」

二人は連れ立って麻布に戻り、藩の上屋敷に参じて、ことの次第を話した。

数日して、要蔵は他の重臣と共に幕府の敗北を聞いた。藩主・保科正益が、縁戚の松平容保に仔細を尋ねた上の話である。認めたくない事実だった。

年明け慶応四年（一八六八）一月早々、徳川慶喜は兵を発した。昨年末、薩摩藩士による江戸城二之丸への付け火を受け、薩摩の悪行を「討薩表」にまとめて朝廷に訴えるためである。

だが、他ならぬ薩摩藩兵が鳥羽《とば》街道を塞いでいた。

幕府方は通行を求めて交渉を重ねるも、のらりくらりとかわされて埒《らち》が明かない。一月三日夕刻、ついに談合を断念して軍を進めた。天下の街道、しかも戦のための兵ではない。通るだけなのに何の障りがあるのか。その思いであったろう。

これこそ薩摩の仕掛けた罠であった。幕府軍が歩を進めるや否や、薩摩側は「詔にて通ること能わず」と宣言し、一斉に銃砲を放つ。徳川を「勅に逆らった賊」と為すため、痺れを切らすのを待っていたのだ。

不意討ちを食らい、幕府軍の先鋒は潰走した。桑名藩兵などが踏み止まり、やがて反撃に出るも、討ち死にや手負いを積み上げるのみ。薩摩が持つ英国製の銃砲に比べ、幕府軍の装備は明らかに見劣りしていた。鳥羽での騒動が伝わると、伏見《ふしみ》でも同じように戦端が開かれる。こちらも同じように蹴散らされた。

慶喜は戦う気で軍を動かしたのではない。天皇への恭順を示すため、戦ってはならなかったのだ。しかし、その意向を末端まで浸透させるのは難しい。いきなり銃を向けられて敗れた面々は、如何にしても戦うと言い張って聞かなかった。慶喜はそれらを説得し得ず、わずかな兵と共に江戸に戻って来たのだという。

「繰り返すが、先に仕掛けたのは薩摩である。御公儀は鉄砲や大筒を向けられて、致し方なく戦ったに過ぎん」

重臣を前にした正益は、口惜しさを噛み殺すように低く重い声であった。とは言え、それにも限りがあったらしい。箍《たが》が外れたように「だが!」と怒鳴ると、あとは言葉の濁流が堰を切って溢れ出した。

「上様は何ゆえ江戸にお帰りあそばされたのか。戦いを続けぬため、どこまでも天子様と禁裏を重んじられたからだ。然るに薩摩は、禁裏に弓引く支度のためとほざいておる。たわけが! 勤皇を言うなら黙って殺されておけと申すのか。薩摩こそ、天子様を道具に使った大罪人ぞ」

正益は荒々しく「一同」と叫び、眦《まなじり》を裂いて満座を見回した。

「わしは元々、徳川を離れてでも薩長と戦う肚であった。されど、それは飽くまで御公儀の威儀が保たれた場合である。此度の一件にて賊の烙印を押されたからには、上様とて肚を決められたであろう。わしは『兵を出せ』のお下知を待つのみ。お主らに無理強いはせぬ。偽物の新政府とやらに恭順せんとするなら、知行を捨てて去れ。各々が決めよ」

官軍と賊軍。討伐する側と、される側。その事実を突き付けられ、少なからず動揺する者はあろう。

だが。要蔵はがばと立ち上がり、迷うな、と示すように声を張った。保科家には、皆が等しく恩を感じているはずだ。

「殿がお心意気、しかと受け取り申した。不肖この森要蔵、粉骨砕身お力添え致す所存」

すると、座に漂っていた頼りなさが静かに収まっていった。

「それがしも」

「我も」

次々に立つ。正益は顔を紅潮させて強く頷いた。保科家中は揃って戦に臨む肚を固めた。

もっとも、この血気は無駄になってしまった。徳川慶喜が上野寛永寺《うえのかんえいじ》に謹慎を決めたためである。鳥羽・伏見の戦いに惨敗し、江戸に戻って概ね一ヵ月、二月十二日であった。百万が住まう江戸を火の海にはできないという、慶喜の思慮ゆえである。少なくとも正益はそう言った。

飯野藩主従が戦いの大義名分を失って半月ほど、要蔵は藩邸に召し出された。

「は?」

主君と膝を詰め、開口一番に告げられた。三日後、正益は飯野に下るという。

「何ゆえ国許に? まさか兵を束ねるのですか。とは申せ……」

慶喜が恭順を示した今、幕府方はまとまった戦ができない。では当初の思惑に従い、保科家が徳川を離れて戦うかと言えば、それも難しかった。上方の諸藩が切り崩され、志を同じくする者も大いに減じている。残り少ない幕府方を束ねて戦うにせよ、小藩の飯野にその力はないのだ。

「そうではない」

正益は苦笑と共に力なく頭を振った。

「薩長が近いうちに江戸を攻めると、勝殿《かつ》から聞いてな」

「勝……陸軍総裁の、勝麟太郎《りんたろう》様ですか」

勝は小身の旗本だったが、以前の老中首座・阿部正弘に見出されて頭角を現した俊才である。

正益は「その勝殿だ」と頷きつつ、幾らか眉をひそめた。

「江戸のお城に大筒が撃ち込まれたら、市中も全て燃えてしまうだろう。薩長の賊共は、上様の思いも何も、全てを踏みにじらねば気が済まぬらしい」

「食い止める術はないのですか」

「勝殿から、薩賊の西郷吉之助に談合を持ち掛けておる。だが向こうが聞く耳を持たず、どうしても戦に訴えると申さば……自ら江戸を焼き払って戦うそうだ」

大砲を撃ち込まれて燃えるも、先んじて灰にするも同じといったところか。だが戦の次第には大きく違いが生まれる。新政府軍には、陣屋に使える場所も隠れ場所も与えない。江戸を落としても、何も得られぬようにしてくれよう――背水の策だが、勝つために取り得る最善の道ではあった。

正益は「されど」と膝元に眼差しを泳がせた。

「それではやはり、上様のお気持ちが無になろう。ゆえに、わしは上洛せんと思うのだ。薩長に降《くだ》り、引き換えに江戸の安泰と上様の助命を請願する。飯野に戻るのは、その支度だ」

「左様でしたか」

「飯野は小藩ゆえ、斯様な次第となっては他に取り得る手立てがない。節を曲げるのは人として恥ずべきやり方かも知れぬが」

要蔵は「いいえ」と笑みを向けた。

「間違ったやり方だとて、心に誠があり申す。殿がそのおつもりなら、わしも従うまで」

「いや。待て」

「いえいえ。共に京に上り、首ひとつを献じて殿のご存念を――」

「ちょっと待てと申すに！」

呆れ顔で窘められ、要蔵は「はて」と首を捻った。正益は「やれやれ」と溜息で応じる。

「身を捨てるのは、わしだけだ」

正益はいったん口を噤んだ。周囲を見回し、用心のためと手招きをする。要蔵は怪訝な面持ちで耳を貸した。

「……え？」

愕然と目が丸くなる。正益は、にやりと笑った。

「お主は幾年か前、攘夷の賊……真忠組とか申したな、あれを蹴散らしたろう。森要蔵はただの剣士ではないと、わしは見込んだ。だから、お主に託すのだ」

「斯様な老骨に、そこまでの信を置いてくださるとは」

要蔵は座ったまま後ろに飛び退き、丁寧に平伏した。

「承知仕った。殿の誠と正義、お預かり致します。さすれば、わしも飯野へ下り、その時を待った方が良いと存じますが」

「そうだな。わしが上洛しておる間、ひととおり樋口と話し合うて頃合を計れ」

国家老・樋口盛秀の、穴子に似た顔が目に浮かんだ。顔こそ間の抜けた風だが、藩主が参覲の間、国許を任される切れ者である。いずれ抜かりはあるまい。

二月末日、要蔵は主君と共に御用船に乗った。芝の金杉浦《かなすぎうら》を発ってしばし、沖の大波を感じるようになる。江戸湾に暖かな春の風が渡り、要蔵は船縁で潮の香りを胸に満たした。

「飯野も久しぶりだのう」

独り言が口を衝いて出る。思えば征長に赴いて以来、一度も戻っていない。

すると後ろから声をかけられた。

「ふゆ殿と虎雄君にも会いたいでしょう」

「先生もお歳ですからね。五十九でしたか。少しでも顔を見ておかないと、いけません」

思うところあって連れて来た、野間と勝俣である。野間は良しとして、勝俣の言いようは少し癪《しゃく》に障った。

「こら乙吉。わしゃ、そこらの五十九とは違うぞ。よぼよぼの爺みたいに言いおって」

「おっと。これは失敬」

らしいと言えばらしいのだが、相変わらず勝俣は遠慮がない。要蔵は眉をひそめ、白さを増した口髭を尖らせた。

「まったく、おまえという奴は。父と慕うと言いながら、礼のひとつも尽くそうとせん」

ぶつぶつと口の中で文句を言う。勝俣は悪戯っぽく笑い、野間に窘められていた。和やかな姿を目にすると、湿ったものが心に満ちてきた。

「……だが」

「え？　だが、何です」

野間を相手に、ああだこうだと言い合っていたのに。勝俣は、こちらがぽつりと漏らした声を聞き逃さなかった。

「知らん。何でもないわい」

ぷい、と背を向けて紺碧《こんぺき》の海を眺めた。後ろでは、また二人であれこれ話している。

勝俣の言うような理由ではないが、確かに、ふゆと虎雄の顔は見ておかねばならなかった。要蔵の目は剣士でも飯野藩士でもない、人の親としての思いに彩られていった。

＊

「お爺さん、そろそろ二升ですよ」

虎雄は苦言を呈しつつ、行灯の下、手酌で杯を傾けた。十六を数えて少しばかり嗜むようになっている。征長戦出陣の折に顔を合わせて以来だが、あの頃に比べて声が太くなり、体もがっちりしてきた。逞しく育った我が子に目を細め、要蔵は「がはは」と笑った。

「かく言うおまえも、今日は進んでおるじゃないか」

「姉上から目付役を仰せつかったとは言え、ぼさっと座っているだけでは退屈ですから。それに私はまだ二合です」

共に呑んでいた勝俣が愉快そうに笑い、野間が穏やかに声をかけた。

「まあ、大丈夫だよ。剣術の指南は朝のうちに済ませているんだし」

虎雄は眉を寄せて「そうですか」と唸り、また一杯を干した。

飯野に帰って十日余り、三月も半ばに差し掛かろうとしている。野には繁縷《はこべ》の白い花が揺れ、木々の若芽が発する息吹は宵に入ってなお馨《かぐわ》しい。

「でも野間さん、勝俣さん。大変な折じゃないですか。お二人だって、暢気《のんき》に過ごすために帰って来たのではないでしょう」

勝俣は大皿に供された煮穴子に箸を伸ばし、要蔵と奪い合いながら返した。

「そのはずなんだがね。どうして俺たちを引っ張って来たのか、教えてくれんのだよ。このお爺さんは」

皿に残った穴子の大半を千切り取られて、要蔵は「こら」と背筋を伸ばした。

「おまえにまで、お爺さん呼ばわりされる謂《いわ》れはないわい」

「ならば、そろそろ明かしてください。先生に招かれて呑むのは嫌いじゃありませんが、虎雄君が言うとおり、何が起きるか分からんのですよ」

勝俣の顔には、お調子者らしい日頃の気配がない。要蔵は、勝俣の箸に摘まれた穴子を手摑みで毟り取り、口に放り込んで酒を含んだ。

「そうよなあ。ご家老とは、もう少し伏せておこうと話し合うておったが……そろそろ明かしても良いかも知れん。おまえたちも、何も分からんでは、もどかしかろうし」

指をねぶりつつ、踏ん切りを付けて目元を引き締めた。

「二人を連れて来たのは、何が起きるか分からんからだ」

「船の中で殿から伺いました。薩長に芸州や土佐まで味方して、江戸を攻めるって」

勝俣が声をひそめる。それに向けて小さく頷き、すっと目を逸らした。

「江戸が火の海になったら、生きておられるとは限らん。おまえら二人を死なせる訳にいかん」

「いや。おかしいでしょう、それは」

今度は野間である。腰から上を乗り出し、顔を近付けて声を大にした。

「攻められたら戦う、当然ではないですか。他の藩士は江戸に残っているのに、どうして俺たちには逃げろと仰るんです」

要蔵は眉尻を下げ、迫る野間を押し止めるように両手を前に出した。

「終いまで聞け。もう……これだから、まだ言わんでおきたかったのに」

「聞きましょう。続きは何です」

重い溜息をひとつ、要蔵は俯いてぼそぼそ語った。

「陸軍の勝総裁が、城の明け渡しで手を打ってくれと、薩摩に申し入れておる」

「降るようなものじゃないですか」

一度は呑み込んだ憤慨を、野間は再び弾けさせた。その肩に、勝俣が「おいおい」と手を遣っている。

要蔵は、ぎらりと目を光らせた。剣を持って対した相手の、一瞬の隙を衝く眼光である。

「明け渡しのみで済めば、それに越したことはない」

勝俣と野間が軽く息を呑んだ。

「別の……戦があるということですか」

探るように問うた勝俣に、ゆっくりと頷いて返した。

「会津公が兵を集めておられる」

飯野藩主・保科正益には姉の照姫《てるひめ》があり、これは会津先代・松平容敬《かたたか》の養女となっている。会津当代の容保も養嗣子で、血の繫がりこそないが正益と義兄弟であった。その縁ゆえ、大事を明かされたのだろう。二万石そこそこの飯野では独自に戦を構えられないが、大藩・会津なら話は別である。如何にしても新政府軍が戦を続けるつもりなら、容保は迎え撃つ肚だという。

「分かるか乙吉、好雄。わしに従って会津に行くかも知れんのだ。その時、おまえらには兵をまとめて戦って欲しい。簡単には死なせられんわい」

「そう……だったのですか」

野間は俯いて口籠もった。そういう弟子に、要蔵は目を細める。血気に逸りがちな一面はあれど、怒りに燃えた時でさえ自らを省《かえり》みられる、本物の好漢と言えよう。

一方の勝俣は目を強く閉じている。征長の前、兵庫で外国が強訴した折にも同じような顔を見た。気さくな態度の裏に、真剣で熱い思いを秘めている。何と気持ちの良い男か。

慈しむように二人を見て、ふう、と息を抜いた。

「会津に行くかも知れん、か……。知れん、どころではなかろうがな」

勝俣が、閉じていた目をかっと見開いた。

「薩長の奴らは御公儀の思惑と何度もぶつかって、その度にしっぺ返しを食らってきた。恨みに凝り固まっていますからね」

「倒幕の連中は何かにつけて『日本を変える』と言いますが、何のことはない、恨みを晴らしたいだけでしょう。そんなのが開明とは、ちゃんちゃらおかしいってもんです」

野間が続いて吐き捨てる。以後は皆が黙って酌をし合った。

寂しげな空気であった。たとえ戦って勝ったとしても、やはり日本は変わらざるを得ない。さもなくば、またぞろ騒乱の芽があちこちに顔を出す。自分たちが生まれ育った世の中は、終わろうとしているのだ。

「御免！　先生、先生。いらっしゃいますか」

酒を酌み交わす板間の外、庭の暗がりの向こうから、切羽詰った大声が飛んで来た。

要蔵は眉を引き締めて腰を浮かせる。だが虎雄が「私が行きます」と立ち、さっさと部屋を出て行った。

少しの後、ひとりの飯野藩士が導かれてきた。国許の門弟、近藤誠之進《せいのしん》である。

「良う来たな。どうだ、皆と呑まんか」

見るからにぴりぴりした気配を和らげようと、酒を勧めた。しかし藪蛇を突いてしまったらしい。近藤はすっかり頭に血を上らせていて、拳で床を殴って大いに吼えた。

「呑んでいる場合ですか！　江戸詰めの父から報せがありました。倒幕の賊共め、鎮撫隊《ちんぶたい》などと口幅《くちはば》ったいことを抜かして、奥羽《おうう》に兵を送るそうですぞ」

要蔵は、否、勝俣と野間も驚かなかった。やはりそうか、という諦念だけがあった。

「もう船で先手が出たとか。それとは別に、東海道を下って来る兵もある。こうしてはおられません。私は他の者にも、この話を伝えに参ります」

近藤は勢い良く一礼し、来た時と同じように慌しく去って行った。

「賊共、どうあっても徳川を消し去る肚ですね」

野間が溜息と共に呟く。もっとも顔は晴々としていた。我田引水の「維新」とやらに、正道と心の誠を見せ付けてやれ。そうした決意が漲っている。勝俣も同じ面持ちであった。

「俺たちは、いつ会津に行くんです」

要蔵は肚に力を込め、重々しく声をひそめた。

「殿が上洛して、徳川の赦免を請願なされる。恐らく容れられまいが、殿のご意志を蔑《ないがし》ろにもできん。頃合は、その落着を待って樋口様が計ってくださる。殿と徳川に累を及ぼさぬよう、わしらは脱藩して戦うことになるぞ」

勝俣と野間が口々に「望むところです」と応じる。二人にしみじみと頷き、虎雄に向いた。

「おまえは森の跡取りとして、飯野と姉を守れ」

「お断りします」

さらりと即答された。あんぐりと口が開く。

「断るって、おまえ」

「お爺さんが脱藩したら、私も飯野とは縁が切れるじゃないですか。牢人の分際で森の跡取りも何もないでしょう。だったら共に連れて行ってください」

「いや、あのな。脱藩なんぞ形ばかりの話だぞ。勝って帰れば全て元どおりだ」

そこへ、廊下に静々と足音が近付き、厳しい声が向けられた。

「連れて行ってあげれば良いでしょう」

娘・ふゆであった。運んで来た煮穴子の追加を車座の中央に置き、要蔵を向いて居住まいを正す。

「脱藩が形ばかりなら、わたくしたちは、この陣屋に残るのでしょう？」

「そりゃあ、そうだ。いずれ帰参するんだから。それより、征長の時には虎雄を止めてくれたろうに。何でおまえ、今度は連れて行けと」

ふゆは、整った顔立ちの目を軽く吊り上げた。

「あの時とは何もかも違いますから。父上はご自分の名前を軽く考えすぎです。江戸で知らぬ者なし、森要蔵でしょう。会津で戦っているなんて知られたら、ここに捕り方が来るに決まっています。わたくしは女ですから殺されはしないでしょうけれど、虎雄は打ち首になりますよ」

「む……」

軽く唸る。ふゆから寂しげな思いが漂ってきた。察したのは、自分だけではなかったらしい。虎雄が幾らか神妙な顔になり、勝俣が「先生」と小声を寄越した。

「ふゆ殿は虎雄君が大事なんですよ。戦場に出れば命を落とすかも知れないけれど、それでも、ここにいるよりは……ってことです。ねえ、ふゆ殿」

顔を向けられ、ふゆは口元を押さえて洟を啜った。目尻が薄暗い行灯の火で光っている。要蔵は何も言えず、二人の思いを肯《がえ》んじて「むう」と頷いた。

「それに父上にも。わたくしは、まだ……」

「まだ？　何です」

ふゆの呟きに、勝俣が続きを促す。娘は勝俣をちらと見ると、やや慌てたように「何でも」と顔を背けた。

「とにかく。虎雄を思うなら、父上が付いていなければ駄目です。いいですね」

言うだけ言って丁寧に頭を下げ、勝俣と野間にも会釈して下がった。ふゆの背を見送って、野間が感心したように腕を組んだ。

「ご立派ですね、ふゆ殿。先生と虎雄君が戦に出るなど、さぞお辛いでしょうに。ああして気丈にしておられるんですから。ねえ勝俣さん」

返事がない。野間が「あれ」という風に右脇を向く。要蔵も虎雄も、皆の目が集まった。勝俣は、うっとりしたように締まりのない笑みを浮かべていた。

「勝俣さん」

もう一度、野間が強く声をかけた。勝俣は「え？」と応じて目を白黒させている。その姿を目にすると、ふゆが言葉にしなかった思いが分かる気がした。

言いかけた「まだ」とは。まだ孫の顔を見せていない、ということではないのか。そして娘は勝俣から目を逸らした。この二人は、きっと互いを――。

「あ」

要蔵は、あんぐりと口を開いた。そして「いかん、いかん」と頭の後ろを叩く。

「世の中のごちゃごちゃで、すっかり忘れとった。征長が終わったら、ふゆを嫁に取ってくれと頼むつもりだったのだ」

「俺にですか」

勝俣が四つん這いで近寄って来た。その頭をぺしりと叩く。

「だが先送りだ。この戦が終わった時に、おまえが生きておったらな」

虎雄が「あはは」と屈託なく笑う。野間は、どこか決まりが悪そうな笑みを浮かべていた。

二日後の三月十四日、要蔵たちは富津湊にあった。江戸湾へと長く突き出た岬の付け根、青木《あおき》浦《うら》である。いよいよ保科正益が京へと向かう。国家老の樋口盛秀や要蔵を始め、全ての藩士が見送りに参じていた。

「然らば樋口、後を頼むぞ」

「心得ましてござる」

良く晴れた空の下、朝日を浴びた正益の顔は白く澄んで見えた。節を曲げ、自らを殺して世と徳川に報いんとする気概が、神々しいほどの誓いとなって結実している。

船に乗り込む主君に、藩士たちが「ご武運を」と声を揃える。正益は手を振って応え、ちらりと要蔵を見て、余人にはそれと分からぬくらいに頷いた。

＊

木更津の沖に船が揺れていた。石を投げても半分くらいまでしか届かないだろう先だが、それでも浜に引き上げられた漁師船の三倍も大きく映った。がっちりとした船縁は千石船をも凌《しの》ぐ造りで、両舷に各三門の大砲を備えている。幕府の軍艦であった。

物騒なものが姿を現したと聞いて、身分の上下を問わず十幾人かの野次馬が集い、ざわざわと落ち着かずにいた。その中に要蔵と二人の弟子もいた。

「どうしたんでしょう。江戸表での戦は、なくなったはずですが」

左後ろで野間が訝しげに口を開く。江戸が開城してから十七日も過ぎたのに、と。勝俣が要蔵の右手から、小声で「俺たちと同じさ」と返した。

「上様が戦わないなら、江戸の他に戦場を求めるんだろう」

すると沖から「えい、やあ」と幾つもの掛け声が聞こえた。少しして軍艦の舳先《へさき》近くに小船が持ち上げられ、縄に吊るされて波頭に下ろされた。幾人かがその縄を伝って小船に乗り込んでいる。蟻《あり》の群れの如き姿であった。

小船に下りた蟻たちは、軍艦に向けて丁重に一礼し、繋がれていた縄を切った。ひとりが艫《とも》に立って櫂《かい》を操り、次第に浜へと近寄って来る。

「おや？」

要蔵は小船に目を凝らした。舳先近くに座る人影、背筋を伸ばして俯き加減に腕組みをする姿には見覚えがある。しばらくすると、ようやく顔が分かるようになった。

「もしや、ありゃ伊庭《いば》君じゃないか」

野間が「え？」と驚き、正面遠くを眺める。若いだけあって目は良い。すぐに「本当だ」と嬉しそうな顔になった。

「伊庭先生！　お久しぶりです」

手を振りながらの呼びかけに、船の男が「お」とばかりに顔を上げた。

「やあ、野間君じゃないか。森先生と勝俣君もおいでか」

向こうも手を振って返し、少しの後に船を下りて、膝の下で崩れる波をざばざば踏み越えて来た。江戸四大道場のひとつ「練武館《れんぶかん》」の宗家、伊庭八郎《はちろう》である。森道場とも競い合ってきた間柄だけに、互いの顔は見知っていた。

「やれやれ。ようやく江戸を抜けられた。官軍風を吹かせる連中がおらんのは清々しい」

言いつつ、伊庭は深く息を吸い、長く吐き出した。後ろには三十何人かが従っている。要蔵は進み出て、足首まで波に洗わせながら問うた。

「久しいのう、伊庭君。これは……遊撃隊かな？」

「如何にも」

伊庭は幕府の陸軍所に属し、旗本から成る遊撃隊に組み込まれていた。鳥羽・伏見の戦いでは慶喜を大坂まで逃がし、以後は伏見で戦ったものの、敗れて江戸に戻ったと聞く。

「お城を明け渡してから、窮屈な思いをしとったろう。それで抜け出したのか」

「それればかりではなく。実は遊撃隊にも『敵に屈するべし』と唱える腑抜けがおりましてな。奴らと共にあるのが嫌だった、というのが本音です。森先生は？」

「わしゃ藩公のご意向に従ったまでだ」

伊庭は「はは」と快活に笑った。

「保科公も、後々まで見越してお下知を発せられたのでしょう。何しろ薩摩の芋侍共、田舎者のくせに威張り散らしておるものですから、町人も多くが腹を立てておる次第にて。いざ戦となれば、草の根からも味方が湧いて出ましょう」

どうやら新政府軍、それも薩摩は相当に嫌われているようだ。無理もなかろう。島津久光が強訴に及んで幕府を脅し、その帰路で英国人を斬り殺した。昨年末には江戸城に火付けまで働いた挙句、藩邸の焼き討ちを受けている。町人にとって薩摩藩は、市中を騒がせ続けた厄介者でしかない。それが官軍風を吹かせていれば気を悪くして当然である。

「では貴君も味方を募りに参られたか。されど上総は田舎ゆえ、人は少ないぞ」

「当てもなく参りはしません。請西《じょうざい》の林《はやし》公と藩士たちです」

「ほう。と、いうことは」

要蔵は眉をひそめ、顔を曇らせた。

請西は飯野の隣にある小藩だが、藩主・林忠崇《ただたか》は松平家初代・親氏《ちかうじ》の頃から仕えた譜代の家柄であり、主家への忠節を一番の拠りどころとしてきた。その林家が動くなら、考えられることはひとつしかない。

即《すなわ》ち、新政府が頑なに徳川の赦免を拒んでいるのだ。飯野藩主・保科正益の嘆願も一蹴されたと見て間違いない。同じ請願をした者も多かろうに。

「ともあれ一刻を争う時ゆえ、これにて失礼。いつか森先生と共に戦えたら嬉しく存じますな」

伊庭は一礼して、遊撃隊の面々と連れ立って去って行った。要蔵もすぐに飯野陣屋へ引き上げる。そして勝俣と野間を自邸に入れ、帰りを待つよう言い付けて本丸に上がった。

「……そうか」

相対した樋口の目が虚ろに泳ぐ。未だ徳川の処分は決定していないが、伊庭八郎と遊撃隊が請西藩を頼ったという一事を以て、先行きに光明がないと察したらしい。

「どうなされます。請西藩が兵を出すと知れば、飯野にも同心する者が出ましょう」

「それは、認めてやらずばなるまい。心ある者には内々に、お主と同道するよう伝えておったのだがな。少し数が減ると思うてくれ」

いずれにせよ戦は避けられない。ならば個々の血気をこそ重んじてやるべし、という判断であった。要蔵は、うん、うん、と頷きながら膝元に眼差しを落とした。

「わしも、そろそろお暇を頂戴する頃合ですな」

「うむ。お主のような呑んだくれでも、別れとなれば名残惜しい」

深く息をつく。それに向けて「何の」と柔らかく笑み、ゆっくりと二度、首を横に振った。

「形ばかりの脱藩にござる。いずれ帰参した折には、共に酒を酌み交わしましょう」

「それも良いな。肴は穴子の天麩羅にしよう」

「おや。油の中は熱いですぞ」

左右に離れた小さな丸い目、平たく厚ぼったい唇。樋口の穴子面をからかうと、向こうも心得たもので、目に涙を浮かべながら怒った顔を作って見せた。

「誰が穴子じゃ」

少しの沈黙を経て、二人でくすくすと笑った。いつかまた、こうして言葉を交わそう。樋口と胸の内を通い合わせて、要蔵は本丸館を辞した。

数日後、閏《うるう》四月三日。請西の林忠崇は、藩主自らが脱藩して遊撃隊に身を投じた。当然、請西藩士にもこれに続く者がある。さらに飯野藩からも二十名が加わって数を増した遊撃隊は、東海道を東下する新政府軍を迎え撃つべく箱根《はこね》へと出陣して行った。

そして、閏四月七日——。

「これより我ら藩を捨て、家を捨てて義を貫くものなり」

森家の屋敷には勝俣と野間、虎雄を含む十八人の飯野藩士が集っていた。要蔵はそれらと向き合って威儀を正す。行灯に照らされた若者たちの目、徒ならぬ輝きがこちらに集まった。ひとりずつ順に見て小さく頷き、大きく息を吸い込む。

「向かう先は、まず森道場。江戸詰めの中には、お主らの兄弟もあろう。友もあろう。それらを加えて会津を目指す。我らが殿の義兄弟、松平容保公は倒幕の賊とどこまでも戦う構えであらせられる。いざ薩長芸土の横着を叩き、今日この日まで、まことの意味で国を守ってこられた方々をお救いすべし」

要蔵はなお滔々《とうとう》と語った。

黒船が来航した折、国を守ったのは誰であったか。浦賀奉行所の役人たちが西洋人の万国公法を楯に取り、日本の法度は犯せないはずだと、毅然とした姿を示したのだ。

幕府が修好や通商の条約を認めたのは、何のためだったか。万国公法に加わり、彼ら自身の法によって「日本に無体を働くべからず」と枷を嵌めるためだった。外国人の通行や、商いができる範囲も極めて狭く定めた。領事裁判権を認めるのと引き換えに、日本が自前で関税を定められるように決した。それもこれも、全ては日本各地の商人や職人を守るためだった。

然るに長州は何をした。先帝・孝明天皇の叡慮《えいりょ》を逆手に取って外国の商船に大砲を放ち、日本こそが外国との約定を違《たが》える形を作ってしまった。あまつさえ、国が傾くほどの賠償金を幕府になすり付けたのだ。幕府は国を潰さぬため、支払いの引き延ばしを求めるしかなかった。その代償として、関税の自主権を捨てる破目になった。

薩摩は何をした。抜け荷で国の益を掠め取ったではないか。外国人の通行が認められた地で英国人を斬り殺し、下手人の引渡しにも応じずに戦を構えた。日本という国の威信を損ない、追い詰めたのだ。数々の悪行に灸を据えるべく兵庫を開港せんとすれば、幕府を逆恨みして権謀術数の限りを尽くしてきた。

「彼奴《きやつ》らは自らの後ろ暗さを闇に葬るべく、全てを知る上様と徳川を消し去ろうとしておる。心の誠を欠いた所業、厚顔無恥！　左様な者が正しく国を導けようか」

一気に語り、胸を張って「否！」と断じた。

「正義を知らぬ者に明日を委ねる訳にはいかん。それでは日本から誠が失われてしまう。わしらは古式ゆかしき大和《やまと》の人なり。人の心を守るべく、戦うのだ」

皆が「おう」と気勢を上げ、固く拳を握り締めて立ち上がった。要蔵はそれらを従え、玄関から門へと足早に向かった。門の内、暗がりの中に、ふゆが楚々《そそ》と佇んでいた。娘は脱藩する皆に向けて深々と頭を下げた。

「ふゆ殿。必ず勝って帰りますよ」

勝俣が小さく声をかけ、野間もそれに頷いて、屋敷を出た。

道を進めば、陣屋に構えられた飯野神社の左脇、ゆったりと曲がる道に差し掛かる。木の枝が空を覆い、初夏の若葉が繁《しげ》って月明かりすら通さない。神社の正面、本丸の門に掲げられた篝火《かがりび》を目印に進めば、扉は「待っていた」と言うように開け放たれていた。

門をくぐって真っすぐ行くと、半町余りも続く道の中途、右手にある館の前には樋口盛秀以下の姿がある。それらの前を通り過ぎるに当たり、要蔵は「いざ参る」と会釈した。見送りの面々が「ご武運を」と一斉に礼を返した。

追手門を抜けて右手に進めば、狭い堀が月明かりの青さを跳ね返していた。それに沿って四半町、また右手に折れる。あとは道なりに行けば良い。藩主・正益が上洛した時と同じ青木浦に、藩の御用船が待っている。

「先生」

道の右脇から声が渡った。耳に慣れた声は、造り酒屋「こう屋」の主・余次郎だった。その息子・余三太と娘・お竹も一緒だった。

「これを」

お竹が、酒で一杯に満たされた瓢簞を放ってきた。要蔵は両手で受け取り、高く掲げた。

「また呑みに行くぞ」

にか、と笑ってやる。お竹は「きっとですよ」と涙声で叫び、顔を覆った。

夜陰に紛れて青木浦を発ち、江戸に入ったのは翌朝早くであった。

要蔵以下、皆が船中で納豆売りや青物屋、豆腐売り、魚屋などに化けていた。町人たちが朝餉の用に買い求めるため、江戸市中にはこうした棒手振《ぼてふ》りが数多くいる。月代を剃った者は髷を中途から右前に捻り、惣髪の者は手拭の頰かむりで頭を隠して、あちこちに散った。町人を装って新政府の目を欺き、麻布永坂の森道場に参集する手筈である。

日が高くなり、今日は暑くなりそうだと思う頃、要蔵はようやく道場に入った。率いた若者たちの誰よりも遅い、最後のひとりだった。齢五十九を数えた身、そうでなくともべた足で走るがゆえ、こうなるだろうと思ってはいた。

「先生、お待ちしておりました」

道場に入ると、飯野から連れて来た面々と虎雄、勝俣と野間の十八名に加え、住み込みの大出小一郎、玉置仙之助、佐々木信明、小野光好、小松維雄の他、江戸詰めの藩士も五人が集まっていた。

「待たせてすまなんだ。出立は夜更けゆえ、許してくれい」

勝俣が嬉しそうに返した。

「先生も、今日ばかりは酒など呑まんでくださいよ」

「分かっとるわい。おまえらも、ゆっくり休んでおけ。戦が終わるまで満足に眠れる日などないのだからな」

皆が「はい」と声を揃え、住み込みの者はそれぞれの部屋へ、余の者は道場の板間で身を横たえた。

要蔵も自らの部屋に入り、押し入れから蒲団を下ろす。その上に座ると、飯野でお竹から渡された瓢箪の栓を抜いて、ひと口だけ呷った。皆の手前「今日は呑まない」と言ったが、昼日中から休むとなれば寝酒も必要だと心中に言い訳をする。

ごろりと横になって見慣れた天井を仰げば、この道場で過ごした幾星霜《いくせいそう》が思い起こされた。楽しいことが色々とあった。あの日々を取り返すためにも、と目元が引き締まる。

が、その瞼はすぐに寂しいものを映した。

「楽しい思い出ばかりではなかったわい」

門弟たち総勢二十八人。その中に、ひとりだけいない。征長から帰ってすぐ、思いの行き違いから飛び出して行った鈴木文質である。

あいつは、どうしているだろう。不自由なく暮らしているのだろうか。選んだ道は違えど、鈴木の心にも確かな誠が育まれていると信じたい。

思ううちに、要蔵はいつしか眠りに就いていた。船旅の疲れが出たのか、寝酒が効いたのかは定かでなかった。

六　大義の行方

江戸から北東へ延びる水戸街道を辿り、松戸小金宿《まつどこがね》へ。そこからは街道を外れて北西を指し、やがて利根川《とねがわ》を越えて水海道《みつかいどう》に至る。もう少し進んでおこうと、鬼怒川《きぬがわ》を左手に見て川沿いに北へ向かった。遠く右前に聳《そび》える筑波山《つくばさん》は夕日の朱に染まっていたが、歩を進めるほどに山肌は茜色に変わり、辺りに染み出した闇を映し始めた。

「そろそろ、今宵の寝床を探さねばならんのう」

要蔵は呟き、後ろに続く若者たちに「頼む」と顔を向けた。数人が「はい」と応じ、道の先へと駆け出して行った。

川の土手には、そこ彼処に木立が見える。若者たちは数本が寄り集まった辺りに目を付けたらしい。三町か四町か、大声を上げても届かぬくらいに離れている。若葉生い茂る木々が斜めの残照を受け、頼りない影を土手に伸ばしていた。それを手前に、ひとりが駆け足を止める。残りが木陰に入ると、少し目を凝らすようにして、然る後に両手で大きく丸を作った。

「あの辺りなら人目に付かんようだ」

ほっと息をつき、要蔵は「もうひと頑張り」と足を速めた。皆と木陰に入った頃には、筑波山は群青の空を背に青黒い影となっていた。

夕餉は干し飯《いい》を水で戻したものと、少しばかりの漬物である。粗末な飯を淡々と食いながら、野間が静かな声を寄越した。

「いやに、すんなり進めますね。宇都宮《うつのみや》で戦があったばかりなのでしょう？」

「本当にな」

応じた勝俣はもう食い終わったようで、木の根を枕にごろりと横になった。

「これなら、どこかで宿を取っても良かったんじゃないか。もう少しましな飯と寝床にあり付けたかも知れん」

「勝俣さんは暢気に過ぎます。俺たちは身を隠しながら、先を急がなければならないんですよ」

いつもと同じ、二人のやりとりである。もっとも勝俣の軽口は、この旅路を甘く見ているからではなかった。

「戦があったからこそ、この辺りには敵の目がないんだよ。宇都宮で負けた伝習隊《でんしゅうたい》は、会津に向かったと聞くぞ」

「え？　あ……なるほど」

今回の行路は、旧幕府軍・伝習隊が宇都宮攻めに行軍したのと同じ道である。それを選んだ要蔵の思惑も、まさに勝俣が言ったところにあった。

宇都宮城の攻防は一ヵ月ほど前の四月二十三日、新政府軍の勝利に終わった。撤退した伝習隊は二千の大軍、敵がそちらの動向を追うのは自明の理である。たった二十八人の飯野藩一派に目を向けるはずもない。

「だが乙吉。明日からは、ちと用心せにゃならんぞ」

声を向けてやると、勝俣は身を起こし、幾らか前のめりになって小声で問うた。

「明日は真岡《もおか》まで行くのでしょう。宇都宮は目と鼻の先です」

「ゆえに野宿もせんつもりだ。夜のうちに益子《ましこ》を抜けて峠に入る」

勝俣は顔を曇らせ、俯き加減に「むう」と唸った。

「俺は大丈夫ですが、伊藤《いとう》はどうでしょうね」

言われて、隣の木陰に目を遣った。伊藤英臣《ひでおみ》は十五歳、虎雄よりも一歳若く、この一団で最年少である。気持ちの強さは抜きん出ているのだが、体が強いとは言えなかった。暗がりの中、伊藤は虎雄らしき影の隣に身を横たえ、替えの着物を重ね着して身を温めているらしい。気だるく澱んだ空気には、はっきりとした疲れが滲み出ている。

「……無理を通してもらわねばなるまい」

勝俣と野間は心配そうだったが、首も重そうに頷いた。ただの旅とは違うのだと、自分に言い聞かせるような姿であった。

翌朝も日の出と共に起きて飯を食い、さらに北へ向かった。日のあるうちに真岡まで進み、以後は宇都宮から離れるように東へ逸れて益子に至る。夕暮れが夕闇に変わろうとする頃、東の鎌倉山《かまくらやま》、西の観音山《かんのんやま》に挟まれた道に入った。二つの山はそう峻険でもなく、峠とは言いつつ上り下りも多くない。歩き詰めだが、ここを越えてしまえば新政府軍への用心もせずに済むだろう。皆が今少し、もう少しと自らを励まし、疲れた体に鞭打って歩を進めた。

伊藤は、やはり相当に参ったようだった。もっとも峠を抜けてしまえば、そこは新政府軍の目も届かぬだろう谷間《たにあい》の村々である。緩やかな谷の底には常陸へと流れる那珂川《なかがわ》があり、川沿いには出湯の地があった。要蔵はここで、敢えて三日の逗留《とうりゅう》を決めた。戦に臨む前に、門弟たちに最後の休息を与えるためであった。

そして閏四月二十九日、再び北を指した。もう少しで会津へと続く白河口《しらかわぐち》に入る。皆が「いよいよだ」と気勢を上げ、朝一番から足取りも軽かった。

「お爺さん！　あれを」

昼餉の頃を前に、虎雄が声を上げた。ずいぶん遠くを指差して顔を強張らせている。要蔵は霞みがちな目を擦り、我が子の指の先を見遣った。

「兵……だな。どこの者か分かるか」

「ちょっと待ってください。今、見て……」

ゆったりと曲がった道の向こうから、大旗が顔を出した。はっきりと分かる。あれは葵紋だ。野間が「おお」と両の拳で天を突いた。

「葉の目が細かい。会津葵ですよ、あれは」

目指す会津から発せられた軍を目に、門弟たちが、わっと沸く。向こうもこちらを認めたようで、幾らか訝しげに行軍の足を緩めた。やがて会津藩兵から二騎の馬が出て、二十ほどの鉄砲を従えて闊歩して来た。

「そこな者共！　いずれの兵か」

新政府軍の物見ではないかと疑っているらしい。当然と言えば当然か。要蔵は呵々《かか》と大笑し、胸を張って返した。

「会津公の縁戚たる飯野、保科公の家中にござる」

「飯野の？　名は」

「剣術指南役、森要蔵」

相手が纏っていた剣呑な気配が、あたふたしたものに変わった。二騎の片方が馬を下り、小走りに寄ってこちらの顔を見る。

「おお、まさに！　それがし江戸詰めを命じられておった折、先生のお姿を拝見したことがありましてな。良う肥えられた腹に、もっさりした佇まい。間違いござらん」

「いや、あのな。世辞でも構わんから、恰幅《かっぷく》が良いとか立派だとか、言いようがあるだろう」

相手の武士が「これは失敬を」と、立ったまま額で地を叩きそうなほど頭を下げた。勝俣と虎雄が腹を抱えて笑う。決まりの悪さをごまかすべく、要蔵はわざとらしい咳払いをした。

「ともあれ、我らは会津の援軍に参ったのだ。其許らの大将に取り次いでくれんかね」

「はっ。共に、おいでくだされませ」

要蔵以下は鉄砲兵に守られて道を進んだ。会津軍の一団は千ほどと見え、三段の備えを組んでいる。大将は三段め、本陣の中央で馬に跨っていた。鎖帷子《くさりかたびら》に陣羽織、頭には白馬の毛を豊かにあしらった変わり兜を頂いている。

「原田《はらだ》様！　お喜びくだされ。飯野藩が援軍を寄越してくだされましたぞ」

原田と呼ばれた武者は、感慨もなさそうに「おお」と発して下馬し、こちらに歩を進めた。三十に満たない数を見て、大した力にはならぬと思ったのだろう。だが、取り次ぎの武者が嬉々としている様子を見て小首を傾げた。

「此方は原田主馬《しゅめ》と申す者。其許の名を伺おう」

「森要蔵と申す」

「おお？　おお！」

先ほどの「おお」とは明らかに異なっていた。要蔵は「はは」と軽く笑った。

「まあ、少しばかり名は売れております。とは申せ、こちらはたった二十八人。貴殿の手足として、こき使ってくだされよ」

「とんでもない。森殿ほどの達人なら一隊を任せて差し支えないでしょう。我が本陣から五十ほどお預けいたすゆえ、お手前の手勢と合わせて、存分に腕を振るってくだされい」

野間や小野など道場住み込みの門弟たちは、鼻が高そうな気配を漂わせている。虎雄や勝俣には、そうしたところがない。二人でひそひそやりながら聞いていた。

その上で、勝俣が「あの」と平坦な声を出す。

「手勢に加わるのは望むところですが、どこを攻めるのです」

原田が「これは失敬」と顔を赤らめる。

「我ら、大田原《おおたわら》城攻めに参るところにて」

この辺りから南西へ二里ほど戻った辺りである。要蔵は「ふむ」と頷いた。

「会津入りの前に、ちょうど良い手土産にござる。ご同道仕ろう」

以後は本陣付きの形で行軍に加わる。道中、要蔵たちは奥羽が置かれた状況を聞いた。

十八日前の閏四月十一日、仙台《せんだい》藩の白石《しろいし》城で列藩の談合が持たれていた。新政府軍の鎮撫隊を招き、奥羽鎮撫のあるべき姿を建白する目的だった。

奥羽にも、新政府に恭順する藩、抗戦を叫ぶ藩の双方がある。抗戦派は会津藩および、昨年末に薩摩藩邸を焼き討ちした庄内藩だが、鎮撫隊は戦って両藩を潰す以外の道を全く考えていなかった。

列藩会議の建白は、これに異を唱えた。曰《いわ》く、王政御一新の折、戦を避けて人心を安んじるべきである。しかも奥羽の短い夏に戦が起きれば、米を育てる百姓が割を食う。ことは人の命に関わる話、討伐を叫ぶ前に奥羽全てを慮っての処置こそ肝要ではないか――。

「国の基を思い、先を見据えた、筋の通った建白ではござらんか。然るに鎮撫の者共は聞く耳を持たなんだそうで。斯様な無体をほざくのですから、世良《せら》が斬られたのも当然と申すもの」

「世良？　誰です、それは」

要蔵の問いに、原田は憤懣《ふんまん》やる方ないという口ぶりで答えた。

「世良修蔵《しゅうぞう》。鎮撫隊の参謀です。彼奴の如きは、薩長の横着をそのまま現す者にござる」

仙台藩を中心とする奥羽諸藩を、会津攻めの尖兵とする。それが鎮撫隊の思惑だった。しかし列藩会議の建白が示すとおり、奥羽にとって夏場の戦は全体の生死に関わる。そういう大事に知らぬ顔を決め込み、自らの血を流さず、奥羽の者同士で殺し合いをさせようというのだから堪らない。原田の弁はさらに熱を帯び、どんどん早口になっていった。

「斯様なやりように憤らぬ者は、ただの馬鹿にござろう。それゆえ仙台も他も、新政府のために戦う気がのうなったのです。世良の如きは外道にて、人の心が分かり申さん」

原田によれば鎮撫隊は数も武備も少なく、自前の兵だけで会津・庄内の両藩に勝つのは難しいのだという。ならば当初の目論見《もくろみ》どおり、仙台を始めとする諸藩に助力を仰がねばならない。にも拘らず、あまりに居丈高な物言いで辟易させ、見限られたのだと。

「身から出た錆《さび》にござるよ。その上で世良の奴め、別の参謀たる大山《おおやま》某に、言語道断の書状を送っておるのだから世話はない。それがしも、聞いて耳を疑い申した」

下参謀・大山格之助《かくのすけ》への書状には「奥羽は全て敵と見て迎え撃つ策を練るべし」と記されていた。これを福島藩士に運ばせたそうだ。

要蔵は、この上ない呆れ顔になった。

「世良とか申す者……頭が悪いのう」

奥羽列藩は、鎮撫隊の強引なやり口を嫌忌している。そういう者に書状を託した以上、盗み見られて当然なのだ。結果、書状の内容は仙台藩に伝えられた。激昂した仙台藩士の手に掛かり、世良修蔵は命を落とした。

「まあ会津にとっては、どちらでも構わんのです。どの道、戦うつもりでしたからな。奇《く》しくも世良めが野垂れ死にした日、我らは白河城を手に入れております。愉快痛快、限りなし」

吐き出し切って、原田はようやく溜飲を下げたようであった。

「なるほど。ことの次第、良う分かり申した」

頷いて返し、要蔵は心中に確信を持った。

以前から思っていたとおり、新政府の面々は国を担う器ではない。奥羽諸藩を都合良く使おうとして無理強いを重ね、列藩会議建白の道理も弁《わきま》えずに我利を通そうとしたのは、やはり傲慢であろう。奥羽諸国は穏便な措置を願い出ただけなのに、全てを敵と看做すなど、官軍の名を得て増長したと言う外はない。

「わしも戦う力が湧いて参りましたわい。大田原を取らば宇都宮の押さえにもなり、白河の楯にもなる。必ずや落としてご覧に入れよう」

「まさにそれが狙いです。天下の森要蔵殿が斯様に仰せくださるとは、心強い限りじゃ」

原田は全軍に向けて「必ず勝つ」と雄叫びを上げた。新政府軍と鎮撫隊への怒りに燃える会津藩兵が、狂おしいばかりの絶叫で「おう」と応えた。

＊

「進めい！」

要蔵が立つ右脇、本陣の床机《しょうぎ》で原田が大声を上げ、大砲が空砲を放った。篠突く雨の中、会津藩兵が突撃して行く。目指す大田原城は四半里の先で、こちらの動きに大砲で応戦してきた。ドドンと腹に響く轟音、寄せ手が蹴上げる泥飛沫《どろしぶき》の向こうで、砲弾が巻き上げる土くれが雨雲をも覆い隠した。

「蛇になれ」

本陣の原田が大声を上げる。その合図として、陣太鼓が小気味良く拍子を刻んだ。城に詰め寄る者共は、右に左に蛇行して敵に的を絞らせない。砲弾が地を剝がして捲り上げるたび、幾人かの手負いを出しながらも、泥の雨を突っ切って行った。

兵の様子を見て、要蔵は「ほう」と頷いた。会津藩が新政府軍を迎え撃つと決めて三ヵ月ほど過ぎている。その間、十分に調練してきたようだ。

「お。音が止んだな」

原田がほくそ笑んだ。砲身を冷ますため、少しだけ城方が手を休めている。どうやら敵の大砲は二、三門といったところらしい。大田原城には百余の兵しかなく、鉄砲方を除いた数で扱える目一杯の武備なのだろう。

「よし。撃ち方、始めぃ」

今度は会津側が大砲を使い、城へ突っ掛ける先手《さきて》の一町余り向こう——城下を狙う。そして敵の砲弾と同じく真っ黒な雨を作り、また町を焼いて黒煙を立て、敵の鉄砲方の目を眩《くら》ました。

「原田殿。わしらは本陣で待っておって良いのでしょうかな？」

要蔵の問いに、自信に満ちた笑みが返された。

「森殿とご門弟は名うての剣士にござれば、我らが門を破ったところで一気に雪崩れ込み、敵を斬り伏せていただきたい。城方の数は少のうござれば、それで片が付きましょう」

「ふむ。まあ左様に仰せなれば」

とは言いつつ、要蔵には幾らかの不安があった。大田原藩は新政府軍から銃砲を回してもらっているのだろう。幕府はフランスとの間に良好な関係があり、その伝手で武備を整えていたが、英国の最新式と比べれば見劣ると言えた。或いはこの点を以て、城方の寡兵云々は大きな意味を成さないのかも知れない。人と人、技量と技量よりも、今の戦は飛び道具の並外れた威力がものを言う。その上で城攻めは、そもそも城方が有利なのだ。

思ううちに、大田原城下は一面火の海となった。寄せ手の会津軍は豪雨を味方に付け、火の中に飛び込んでゆく。

「いざ、門を木《こ》っ端《ぱ》微塵《みじん》にしてやれぃ」

原田の号令で、本陣の大砲が狙いを遠くに切り替えた。

「放て」

ドン、と大地が揺れる。弾は火事の煙と雨の煙幕を突き抜けて飛び、そして追手門を遥かに越えて行った。三之丸に泥の柱が上がる。

「何をしておるのだ！　これでは先手の助けにならんぞ」

大将に叱責された大筒方が、恐縮の面持ちで「とは申しましても」と抗弁した。

「城下の火と煙で狙いが付けられんのです」

「言い訳無用だ。もう少し手前を狙わんか」

要蔵はこの言い合いを聞き流し、城に意識を傾けていた。少しばかり、おかしなものを感じたためであった。

じっと見つめる先は、たった今、味方の弾が落ちた辺りだった。敵の気勢にかなりの乱れが感じられる。城内に射込まれたから、だけではなかろう。こういう戦ならそれも織り込み済みのはずである。

「何ちゅうのか……」

ぼそりと呟く。敵軍の乱れは、かつて何度も感じ取ったものに似ていた。

藩主・保科正益が評するところ、要蔵の剣は「龍の雷雲を纏うが如し」である。黒雲に身を絡められて鈍重極まるも、ここぞの隙を見れば雷光一閃、刹那の後に必殺の一撃を繰り出す。

そういう時、剣を交えた相手は必ず気を乱した。しまった。何と。信じられん。そういう動揺だ。今の城方を包む惑乱は、それに似ている。肝を冷やしているのだ。

「もしや」

思い当たる節がある。確かめられないかと、腕組みで城を凝視した。だが分からない。炎と黒煙、雨と泥に遮られて、城方の動きが摑みにくい。

「……見に行くか。おい虎雄、それから好雄」

虎雄と野間が「はい」と応じて目の前に進み出た。二人に小さく頷き、ひとつを問う。

「おまえたち、目が良かったな」

「何を仰ってるんです」

虎雄が怪訝な顔をする。要蔵は右手で軽く虚空を叩くように「いや、いや」と応じた。

「この軍の旗を見て、すぐに会津葵と分かったじゃないか」

野間は「ああ、はい」と頷く。

「あのくらいなら。それが何か?」

「わしと共に来てくれい」

大将の床机に向き直り、真剣な眼差しを送った。

「原田殿。少し、物見に出たいのだが」

「それならお手前自ら向かわずとも、こちらでやりますが」

「自分の目で見ないと、分からんことは多いものですわい。よろしいですな」

原田は「む」と唸り、幾らか渋い顔で頷いた。

「お考えあってのことなら。されど森殿は大事な将なのですから、くれぐれもご無理はなさらぬように」

「承知、承知。会津の酒を呑むまでは、生きていたいですからな」

にこりと笑い、虎雄と野間を連れて前に出た。

城方は先手への応戦に気を取られていて、たった三人の物見に銃砲を向けては来なかった。城に近付くほどに、煙や泥飛沫で見通しが悪くなる。本陣から遠目に眺めた時には、もう少しあれが見えた気がするのだが。

「ええ……と。あの辺りが門だな。虎雄、どのくらい離れておる」

虎雄はしばし門と思しき辺りを見つめ、やがて親指を立てて前に突き出した。

「兵の背丈が、このくらいに見えるから……二町くらいだと思います」

「十分だ。好雄。城のどこから弾が飛んでくるか、ざっくりと摑んでくれ」

「はい」

三人はその場に立って、目と耳を城だけに向けた。大砲が大地を鳴動させるたび、火薬の焦げた臭いが流れて鼻を衝く。鉄砲の音は雨音に紛れて聞き取りにくいが、炎と煙の中に倒れる寄せ手の姿によって、放ったのだと知れた。

大砲が四発、鉄砲が数限りなく放たれた頃、野間が「恐らく」と指差した。

「あの辺りが一番多く撃っていますね。そこから離れるほど、数は少ない」

飽きもせず降りしきる雨によって、城下の炎が落ち着いてきている。真っ黒だった煙も次第に白っぽくなり、その向こうに薄らと山型の影が浮かび上がっていた。何かの屋根らしい。

「お！　だとすると、あれは……。よし、戻るぞ」

要蔵はにやりと口元を歪め、本陣に返した。そして原田の前に出ると、胸を張って建言する。

「先ほど、門を狙って外れた弾がおありでしたろう」

「ええ。それが？」

無駄弾を云々されて、原田はいささか苦い顔である。要蔵は逆に、晴れやかな笑みで続けた。

「そこから少し左を狙ってくだされ。ほれ、あそこに屋根の先が見えておるでしょう」

立ち込める煙はさらに白くなり、その中に薄黒く尖ったものが見て取れる。得心し兼ねる原田に向けて、要蔵は思うところを披露した。

「どうやら作事場らしい。城方の弾と火薬は、あそこに蓄《たくわ》えられておると見ます」

「ほう？」

「やってみてくれませんかな。わしの見立てが外れておっても、無駄弾は一発で済みましょう」

原田は「心得た」と目を輝かせ、大砲方に命じた。

「あの屋根を狙え。三之丸の内ゆえ、四半里と十間といったところだ」

「はっ」

ごろごろと音を立てて歯車が回り、大砲の砲身が斜め上を向く。弾が込められ、あとは下知を待つばかりとなった。

「いざ、放て！」

号令一下、野砲が火を噴いた。弾は薄らいだ煙を切り裂いて飛び、見事、狙った屋根に命中した。

刹那、二十、三十と大砲を束ねたような爆音が迫った。正面から身を押されるような、猛烈な圧があった。城を見れば、先まであった屋根が爆発で弾け飛び、そこに天をも焼かん勢いの火柱が立っている。恐ろしく濃い紅蓮は、冥土の焦熱地獄もかくはあらじと思わせるほどであった。

「弾も見立ても、当たりですな」

要蔵がほくそ笑む。原田は小躍りして本陣の皆に命じた。

「おお……おお、おお！　これで城方は手も足も出まい。大筒、前へ！　敵に狙われる気遣いはないぞ。四町出て、次こそ門を壊してやれ」

本陣にあった四門の野砲が、鉄の車輪をがちがち言わせながら進んだ。要蔵以下、飯野の一派も共に前に出る。

「放て」

今度の砲撃は、過たず追手門を撃ち砕いた。会津藩兵がそこを目指して駆け足を速める。要蔵と門弟たちも、後れは取らじと突っ掛けて行った。

追手門に至れば、城の三之丸はもう会津の指物に埋め尽くされていた。そして二之丸へと続く門も、既に撃ち抜かれる寸前である。

「うっつぁしい！　鉄砲で、ぶぢ抜いでくれっぺ」

会津弁で荒々しく吼えた兵がある。周囲が「おう」と応え、二十何挺の鉄砲が一点を狙った。扉と扉の合わせ目である。

「それえ！」

如何にフランス製の銃とは言え、一度の斉射で分厚い扉は射貫けない。だが、少し、また少しと削って穴を穿《うが》ち、ついに扉の向こうの閂《かんぬき》を剥き出しにした。

「もうちっとだ。尻抜けにしてくれる」

丼ほど空いた穴に向け、なお鉄砲が撃たれる。三度放ったところで閂が割れた。要蔵以下は会津藩兵と共に体当たりを食らわせ、門を押し破って雪崩れ込んだ。

「参る！」

要蔵が腰のものを抜き、門弟たちが「我らも」と続く。二之丸の敵兵は既に四分五裂の体で、誰もがうろたえて前後不覚という有様だった。

「く、来んなあ！」

「助けてえ」

「負け、負けじゃ。降参じゃあ」

目茶苦茶に刀を振り回す者、腰を抜かして背を見せる者、泥濘《ぬかるみ》に土下座して降を請う者。大田原の城兵に、もう戦う力はなかった。会津軍と要蔵一派は、錯乱して手向かいする者を十数人斬り伏せ、残りは縛り上げて二之丸を押さえた。

「さあ皆の衆。残すは本丸のみだ。行くぞ」

要蔵が声を上げると、会津兵たちも「やるぞ」といきり立った。

しかし。

「待て、待て！　退け！　すぐにだ」

追手門から三之丸を抜け、伝令が血相を変えて飛んで来た。皆が皆、血気に水を差された怒りを滾らせて「なぜだ」と喚《わめ》いている。

「白河が……落ちた。落ちた。落とされぢまった！」

悲痛な涙声が振り絞られた。

会津の要と言える白河城が、新政府軍の猛攻に遭って奪い返されていた。前日、五月一日である。南方の宇都宮に対する備え、白河の楯——大田原城を取る意味が失われたことを意味する一報だった。兵を包んでいた熱気は、真冬の海に突き落とされたかの如く、一瞬で冷えきってしまった。

勝ち戦だったのに。奮闘が報われるはずだったのに。全てが無駄になったと知って、会津藩兵と要蔵たちは肩を落として退却した。

空には未だ分厚い雲が居座り、長いはずの夏の日を早々に暮れさせようとしている。雨足が弱くなるに従い、軍兵の足取りは重くなっていった。皆が顔を煤《すす》に汚し、濡れ鼠になって会津への帰路を進む。口を開く者はない。泥濘を踏む音だけが虚しく響いていた。

*

白河城が新政府軍の手に落ちた以上、大田原から会津への退路は、中途から山を越えねばならなかった。

二十里足らず、街道を取れば三日ほどの道のりに十日も費やし、要蔵は五月半ばになってようやく会津鶴ヶ城《つるじょう》に至った。その日のうちに会津藩家老・西郷頼母《たのも》に目通りする。要蔵の左脇には二人を引き合わせた原田主馬が席を共にしていた。

「どうですご家老、心強い援軍でしょう。先の大田原攻めも森殿のご指南にて、あと少しで落とせるところでしたが」

「そうであったか。いやいや、森殿のお噂はつとに耳にしておった。保科公も良き人を寄越してくださったものよ」

西郷は当年取って三十九だそうだが、座った姿はちんまりとして、元服前の稚児と見紛《みまご》うほど風采が上がらない。ゆえに威厳を示したいのだろう。真四角の顔に豊かな顎鬚《あごひげ》を蓄えているのだが、小さな体には似合わず、かえって滑稽《こっけい》に映った。だが、これでも幕府の藩屏・会津の家老である。いずれ能ある男には違いあるまいと、ひとつを尋ねてみた。

「早速ですが、白河城の戦についてお尋ねしてもよろしいですかな」

「無論にござる。会津の将となってもらうからには、知っておかねばならんでしょう」

「まず……敵は数が少ないと聞いておりましたが、負け戦となったのは、やはり大筒や鉄砲の違いでしょうか」

西郷は「む」と渋い顔で唸った。

「半分は左様にござる。もう半分は、恥ずかしながら策で負け申した」

奥羽鎮撫隊の思惑は完全に頓挫していた。参謀・世良修蔵が憎まれて闇討ちにされ、尖兵に使おうとしていた奥羽列藩さえ、今では会津に肩入れしている。新政府側は、このままでは危ういと判じて兵を増派した。それでも白河を襲った兵は、薩摩、長州、大垣《おおがき》、忍《おし》の四藩、七百でしかなかった。

「お味方の数と大将は？」

「概ね、二千。この西郷が城を守っており申した」

会津には藩士から成る二千余の軍兵があり、百姓衆から四千の志願者を兵として加え、さらに力士や職人の一千も容れて総勢七千以上を数えている。白河に入った会津兵はその中から五百ほどで、奥羽列藩の援軍千五百を受けていたという。

対して新政府軍は、二百に満たない兵で白河城の南に迫った。これは、たった七百の兵を三つに分けたうちの一隊であった。自らの寡兵――奥羽諸藩に知れ渡った弱みを逆手に取って、城方に「総勢でもこの程度」と見くびらせるための囮《おとり》である。

囮が城の目を引く裏で、新政府軍は二隊を左右に迂回させた。その片方が、城から南西四半里の小丸山《こまる》を取る。そして城と小丸山の間にある稲荷山《いなり》に砲撃を加え、ここに布陣していた奥羽列藩の兵を攻め立てた。

「砲撃の勢いは、まこと凄まじいばかり。見捨ててはならじと、城の近くにあった兵を差し向けたのだが……ここで仕掛けてきた敵すらも、また囮であった」

西郷が稲荷山に増援を向けると、新政府軍は「今だ」と兵を動かした。小丸山にあった一隊は砲撃をやめて進軍、稲荷山の西・立石山《たていし》に陣取る。そして別働のもう一隊が、稲荷山の東・雷神《らいじん》山を占拠した。こうして列藩同盟と会津の兵を囲み、銃砲で攻め立てて打ち破ったという。

味方の損兵は七百、総勢の三分の一を削られた。未だ敵の倍ほど数を残してはいたが、如何にせん惨敗の後とあって、兵の意気が消沈している。

「このままでは戦えぬと判じ、立て直しを図るべく兵を退いた次第」

要蔵は平静を装いながら、心中に不安を抱いた。

「不躾《ぶしつけ》ながらお尋ね申し上げる。ご家老様は、どれほど武芸の心得がおありで？」

西郷はぴくりと眉をひそめた。

「剣術の心得くらいは。されど小男ゆえ、頭を使うて敵と戦う道を志して参りましてな。それが何か？」

「いやいや。ちと興味が湧いただけにござるよ」

顔に笑みを貼り付けて返したが、胸中の不安は暗雲に変わっていた。この分では、西郷の武芸は児戯に等しいだろう。何も、達人であって欲しかったのではない。だが白河の戦いで敵に裏をかかれたのは、これと無縁ではない気がした。

剣や槍などの修行を重ねれば、相対する人の気配や動き、思惑を感じ取れるようになる。むしろ、それを察せられない者は腕が上がらない。

これは戦場にも通じると、要蔵は信じて疑わなかった。

敵軍がどう動くのか。何を狙って兵を進めているのか。戦術、策戦という頭の働きのみで見抜くには、相手の将を詳しく知らねばならない。だが新政府軍を率いるのは、遠く離れた薩摩や長州の者たちである。会ったことも、話したこともないだろう。そういう相手の陽動を見抜けなかったのは、西郷の勘、或いは人の思惑を敏に察する何かが足りないせいではないのか。

「お気に障ったなら、お許しくだされい。それがし武芸者ゆえ、よく斯様なことを云々しておりましてな。いや、まこと他意はござらん」

「ああ……左様にござったか」

西郷のしかめ面が弛んだ。こちらの笑みを額面どおりに受け取ったようだ。やはり、思ったとおりなのかも知れない。

「如何でしょう、ご家老。森殿にも評定に加わってもろうては」

左脇の原田が軽く身を乗り出した。西郷は「うむ」と笑みを見せた。

「そうだな。大田原をたちどころに追い詰めた御仁なら、良い策を思い付くやも知れん」

軍評定は明日、昼餉の後で開かれるらしい。要蔵は「必ず」と約束して、自身の宿営に宛がわれた商家に入った。

その晩は酒を呑む気にもなれなかった。飯野から江戸に入り、江戸からは身を隠して長旅を重ねてきた。そして大田原で戦い、しかも会津に至る道の半分は山越えとくれば、疲れの方が勝って当然である。商家の湯殿を借りて身を温めると、飯さえ食わずに寝てしまった。

翌日、目を覚ますと既に昼前だった。大急ぎで身支度を整え、昼餉を取って城に上がった。今日は西郷の居室ではなく大広間である。評定の席には藩主・松平容保を始め、西郷および山川大《やまかわおお》蔵《くら》などの家老衆が参集していた。

「いやはや、遅うなって申し訳ござりませぬ」

要蔵は汗を拭いながら入り、向かって左の末席に着いた。すると、主座にある容保が声をかけてくる。

「其方、保科殿の家中と聞く。あの森道場の主だそうだな」

幾らかやつれた様子だったが、細面に大きな目、鋭い眼差しと太い吊り眉は、一月に江戸で見かけた時のままであった。太い声からは、どっしりと肚の据わったものが感じられる。

「森要蔵にござります。ご尊顔を拝し奉り、恐悦の至りにて」

「堅苦しい挨拶は抜きで良い。大田原での働きは聞き及んでおるぞ。この評定でも忌憚《きたん》なきところを聞かせてくれ」

「はっ。では、早速始めましょうぞ」

丁寧に一礼する。しかし容保の右前、西郷が「しばらく」と声を上げた。

「あと二人、招いておるのでな。今少し待た——」

「それにゃあ及びません。今、来ましたよ」

廊下から江戸訛《なま》りが聞こえた。声の主は三十を少し過ぎたと見える男で、もうひとりの男に肩を借り、右足を引き摺《ず》りながら入って来た。足には木綿のさらしが分厚く巻かれていて、どうやら怪我をしているらしい。

その男は整った顔立ちだった。惣髪だが、髷は切り落として西洋人のように整えてある。瓜実顔に力強い切れ長の目、太い眉、すっと通った鼻筋に加えて口元も引き締まっていた。一見して色男だが、心には剛直な芯が通っていると見た。

肩を貸す側の男には、ひやりとするような鋭さがあった。卵を逆さにした輪郭に月代を剃り、額は広く眉は細い。目は糸を引いたが如くで、落ち着きと理知の光を漂わせている。

「伝習隊、大鳥圭介《おおとりけいすけ》。参上仕った」

「土方歳三《ひじかたとしぞう》、遅れてすみませんね。この足なもので、お許し願いたい」

鋭い方が大鳥、色男が土方と名乗り、要蔵の正面に並んで座を取った。西郷が二人と要蔵を交互に見て、説明を加えた。

「大鳥殿、土方殿。正面は、あの森要蔵殿だ。森殿も二人の名は存じておろう」

「ええ。どちらも名の知られたお方ですからな」

大鳥は幕府の歩兵奉行を任されていた大物で、新政府軍との戦に際しては、伝習隊を連れて江戸を脱している。一方の土方は、あの新選組で「鬼副長」と恐れられた男だった。

そう言えば、と思い出す。山口一——後に斎藤一と名を変えて新選組に加わった男は、どうしているだろう。問うてみたかったが、それは憚られた。評定の席であるのも然りながら、土方の。

怪我が重そうだったからだ。傷めた足を庇《かば》うように胡坐《あぐら》の形を直し、少し動いては顔をしかめている

「では始めるか」

容保の一声で、軍評定が始まった。

会津藩は上から下まで、どこまでも新政府と戦うという意志を固めている。しかし要蔵は会津に入ったばかりで、容保以下が如何なる方針で戦うのかを知らない。まずは口を開かず、ひたすら一同の話に耳を傾けた。

評定は専《もっぱ》ら、白河城の奪還に集中していた。会津の南の入り口であり、また東の入り口にも通じる要地ゆえ、分からぬでもない。会津の全体を守ろうとするなら、何としても奪い返し、死守するべき城と言えた。

だが、と要蔵は西郷を見る。再び白河を取ったとして、彼の地を守るのはこの人だろう。果たしてそれで勝てるのか。

当の西郷は、新政府軍が白河を奪った時の如く、陽動を駆使して戦うべしと唱えている。全く同じやり口では見透かされるゆえ、小勢を幾つも出して敵の目を欺き、寄せては退き、退いては寄せを繰り返す中で、本隊の大軍が白河城近くの高地を押さえよと言う。

「如何にしても、大筒の力がものを言う戦にござる。然らば山から全てを見渡して、狙いを付けるに如《し》かず。敵と同じく、雷神山と立石山が要と存ずるが」

容保は「ふむ」と頷きつつ、懸念を口にした。

「されど西郷。賊共の大筒は、エゲレスのアームストロング砲なのだろう。あれは一里の先まで狙えると聞く。城から放ったとて、雷神山と立石山も射程の中だ」

「そこで囮となる小勢です。城の近くに姿を見せ、両山ばかりを見ていれば門を破るぞと示す。さすれば賊共はどちらにも気を抜けず、遠近双方に隙ができるのではござらんか」

満座が「むう」と唸っている。だが要蔵と、もうひとりだけ違う者があった。

「そいつは、どうですかね」

土方であった。

「俺は伏見で奴らとやり合ったから分かりますが、連中は大筒だけじゃあない。鉄砲も侮れません。何しろ四町も離れたところから、伏見奉行所の壁に穴を開けやがるんです。囮の小勢なんぞは鉄砲に任せて、山の大筒はアームストロングで……てなことも考えておいた方がいい」

「然らば、どうせいと申す。如何にしても白河を取り戻さねば、会津の勝ちはないのだぞ」

西郷が声を荒らげる。土方はうるさそうに聞き、右の掌を差し伸べて「待った」と示すと、こちらに話を向けてきた。

「森さん。あんたはどう思います。ずっと黙《だ》んまりじゃないですか」

皆の目が集まった。要蔵は「ふむ」と腕組みして、首を捻るように俯いた。

「確かに白河は大事なんだが……。そこに拘ることも、ないかも知れんわな」

向けられていた一同の眼差しが「何を言うのか」という困惑に変わった。三人だけ違う。容保は興味深そうな顔、大鳥は虚を衝かれた面持ちで、土方は「へえ」と値踏みをするような笑みを浮かべていた。

「土方君が申されたとおり、いったん白河を奪われた上は、取り戻すのは難しいでしょう。何としてもと気張ったところで、幾度か仕損じることも考えておかにゃならん。さすれば、こちらの有利……数を削られる」

あちこちから失笑が漏れる。会津藩の家老・山川大蔵も、小馬鹿にしたように鼻で笑った。

「討ち死にを重ねるくらい、目を瞑らねばならん。それに、敵は白河から真っすぐ来るとは限らん。北に進んで郡山《こおりやま》から二本松《にほんまつ》を回り、東から会津に入ろうとするかも知れんのだ。白河を奪い返さねば、どう動くか分からん敵を迎え撃つことになる。それで会津を守ろうなどと」

要蔵は俯いていた顔を上げた。

「できんことを言うはずがないでしょう。白河を取り返さずとも、勝つ道がひとつだけある」

世迷言を、という空気が漂う。その中で、容保が「あ」と叫んだ。

「森。まさか其方、海舟の策を取れと申すか」

「如何にも。会津一面を焼け野原にしてしまえば、敵は進軍すら儘ならぬはず」

新政府軍の江戸攻めが噂された折、海舟――勝麟太郎は江戸市中を焼き払って戦う肚だった。そのために町人たちを説き伏せ、いざ戦となる前に逃がすよう道筋を付けていた。往時の江戸にこれを知らぬ者はなかった。

「よろしいですかな。焼け野原では、敵には隠れ場所も陣屋も与えられんのです。それでも押し通ろうとするなら、山に潜み、或いはこの鶴ヶ城から大筒で狙って、全てを叩き潰してやれますぞ。まあ敵とて阿呆ではないゆえ、左様な愚は犯さぬはず。白河から動こうとは致しますまい。が……此度は江戸の時と違って、そうこうしておるうちに奥羽列藩の援軍が上乗せされる。何しろ、どの藩も鎮撫隊とやらには怒り心頭ですからな。さすれば、こちらのものです。雪隠《せっちん》詰めと同じ形で、締め上げてやればよろしい」

いずれは新政府軍も奥羽に割く兵を増やすだろう。しかし八方敵だらけとなれば、やはり白河からは一歩も動けないのだ。そして、この戦は大砲や鉄砲の力がものを言う。そういう戦いだからこそ、一箇所に集まった大軍は逆に脆いのではないか。取り囲んで大砲を使えば、どこに撃ち込んでも命中する。敵兵はただの的でしかない。

評定の席が、しんと静まった。容保は二度、三度と頷きながら、一考の値打ちがあるという顔である。大鳥は度肝を抜かれたように唇を震わせていた。さもあろう、会津全土を焼くとなれば江戸市中の比ではない。

くすくすと、土方の含み笑いが聞こえた。

「いいねえ森さん。俺はあんたに乗るぜ」

大鳥も大きく頷いた。が、他の面々は一斉に怒号を飛ばして来た。

「それで勝ったとて、会津の痛手はどれほどか」

「立ち直れんかも知れんのだぞ」

「馬鹿も休み休み申してくれ」

「民百姓が、それで良しとするはずがない」

大変な騒ぎになった。土方は「やれやれ」と眉尻を下げている。致し方なしと、要蔵は立ち上がって皆を見下ろした。

「あいや、しばらく。しばらく。皆様の仰せはごもっとも、されど我らには何が必要か。まず、勝たねばならんのですぞ」

ごくりと喉を動かして「よろしいですかな」と続けた。

「長州の不始末で御公儀が賠償金を負うた一件、会津のご家中なら覚えておられよう。同じにござる。勝って、薩長芸土の賊共から銭を毟ってやればよろしい。それを以て会津を立て直せば済む話ではござらんか。そも会津では、四千もの百姓衆が進んで兵となっておる。勝つために必要だと言い聞かせ、後で必ず報いてやると約束すれば、否やを申すとは思えませんが」

道理を説くに従って、反対していた面々の目が主座の右前に集まっていった。西郷頼母はこの上ない渋面で、長く息をついた。

「……『仁者は人を愛し、礼ある者は人を敬《うやま》う。人を愛する者は人恒にこれを愛し、人を敬う者は人恒にこれを敬う』孟子《もうし》の一節だ。慈悲なき者に、果たして民百姓が付いて来ようか」

多くの者は安堵したように「そうだ」「そのとおり」と声を上げている。大鳥は冷ややかにそれを見つめ、土方に至っては頬杖を突いてそっぽを向いていた。

「容保様は、如何様にお思いで？」

要蔵は会津の主に断を下すよう求めた。

「其方の申すことは正しい。が、決めかねておる」

容保は思案顔でそう言い、西郷に向いた。

「決を採れ。わしはそれに従う」

「承知仕った」

そして、要蔵の策は消えた。自明の理であった。容保がそうしたのは、やはり会津の国主だからなのだろうか。西郷は要蔵に向き、それは穏やかな笑みを見せた。

「其許が会津のためを思うてくれたのは、良う分かった。されど後から何とかすると言い含めたところで、やはり民がかわいそうではないか。白河を奪い返しさえすれば、其許が申すような無体を働く必要はない」

おまえは何も分かっていないとでも言うような、諭す口ぶりである。

癪に障った。如何に大物であれ、相手は二十歳も下なのだ。しかも白河での失態を見る限り、西郷の戦下手は人の思いを汲み取る力が足りないせいである。それが、したり顔で説法をするとは。返す言葉が荒くなった。

「一時の情に流されては、ついには社稷《しゃしょく》を危うくする！」

そして「嗚呼」と嘆いた。

「わしゃ討ち死にを覚悟し申した。御免」

評定の席に背を向け、一歩を踏み出す。容保が「森」と静かに声を寄越した。苦しげに唸りつつ、言葉が継がれる。

「わしが決めかねておったのは、其方の申し様に得心し兼ねたのではない。が、新政府の奴輩から賠償を毟り取るのが、国の先行きにとってどうなのだろう……とな。分かってくれ」

容保の言い分も正しい。それは分かる。だが、勝たねば先行きも何もないではないか。国の行く末を思うなら、まずは正しい者が勝ち残らねばならない。あなたが勝たねばならないのだ。

要蔵は静かに向き直り、深々と一礼した。

「わしも弟子たちも、容保様に命を預けて懸命に働くつもりです。御公儀と会津にこそ大義ありと世に示し、本当の意味での維新を成し遂げる……その志は変わりませぬゆえ、ご懸念なく」

「あい分かった。期待しておるぞ」

要蔵は「これにて」と会釈して立ち去った。去り際、土方の苦笑が目に入った。

宿所に戻り、弟子たちに迎えられる。会津の地酒を都合してくれたらしく、勝俣が一斗樽を持って皆の前に進み出た。

「先生、如何でした。酒など呑みながら、聞かせてください」

「ああ……まあ、白河をどうにかせにゃならんと、分かりきった話を聞いただけだった」

要蔵は樽の蓋を外し、手渡された枡に一合を掬って一気に呷った。旨いはずの酒なのに、今日ばかりは苦さが際立っていた。

七　受け継ぐ魂

「お爺さん、いいんですか。呑んでばかりで」

宿所の部屋でひとり酒を呷っていると、虎雄が呆れ顔を見せに来た。要蔵は「構わんよ」と手招きをした。目の前に座った我が子に桝を渡し、脇の樽をちょいちょいと指差す。手酌でやれと示して自らもまた一杯を酌めば、波打つ酒に蠟燭《ろうそく》の火が揺れた。

「酒は自前で購《あがな》っておる。戦云々にしても、出ろと言われんのだから、どうしようもない」

「それはまあ、そうなんですけれど」

虎雄も桝に半分ほど掬ってちびりと呑み、鬱々《うつうつ》とした息を吐いた。

「勝てるんですかね、この戦」

「こら。如何な戦いでも、必勝の思いなくして勝てるものか」

眉をひそめて胸を張った。虎雄は詫びるでもなく、じっとこちらを見ている。ひとつ、二つと呼吸する間の無言。眼差しには「そういうことを聞きたいのではない」という不満が湛えられていた。長く離れて暮らしていたとは言え、やはり実の子である。父の思いが千々に乱れているくらいはお見通しか。参ったな、と背が丸まった。

「……と、言いたいところだが。会津のご家老殿では勝てんよ。この間の白河攻めも、下手な戦だった」

五月十六日と十七日に白河攻めの兵が発せられ、今日、十八日に敗報が届いていた。月初めに白河城を失い、列藩同盟軍も蹴散らされたとあって、再度の増援は未だ到着していない。会津藩は三百ほどの小勢しか動かし得なかった。

「なあ虎雄。おまえは……乙吉や好雄もそうだが、稽古ばかりで本物の斬り合いを知らん。負けると分かりきった戦では、生き残るのは難しかろう。義を言って討ち死にするのが、果たして良いのかどうか……わしには分からなくなってきた」

「尻尾を巻いて逃げるよりは、ましでしょう」

虎雄の目が憮然としたものを映す。そこへ、不意に別の声が割り込んだ。

「上等だ。人ってのは、心に生かされるものだからな」

やや甲高く静かな語り口には聞き覚えがある。目を向けた障子が、すっと開いた。

「お久しぶりです」

廊下で会釈したのは斎藤一であった。勝俣が案内して来たらしく、並んで立っている。

「君か。いやあ……来ておったとは。まあ土方君がおるのだから、君がいても不思議はないか」

「土方さんとは別口ですけれどね」

ともあれ、と招き入れた。斎藤と勝俣の桝も持って来るよう虎雄に命じる。だが斎藤は軽く右手を挙げてそれを制した。

「少し、サシで話したいんですが」

では、と斎藤の分だけ持たせる。余人を介さず膝を詰め、まずは互いに一杯を干した。

「江戸で会い、京で会い、今度は会津か。斎藤君とは節目節目で顔を合わせておるな」

そして、その度に世の混沌は極まってきた。この男とは、どうにも縁が深いらしい。要蔵は二杯めを掬いながら問うた。

「土方君とは別口で会津に入った、というのは？」

「俺が怪我をして先に寄越されました」

「土方君も怪我をしておった。新選組も大変だな」

「あの人はもう伝習隊の参謀です」

おや、と目が丸くなる。評定の席には新選組として来たのだとばかり思っていたが。

「局長の近藤君も斬首されたと聞く。今の新選組は誰が束ねておるのだね」

向かい合う顔が、面倒そうに鼻を鳴らした。自らを嘲笑するかのようであった。

「……斎藤君が局長か」

斎藤は「ええ」と素っ気なく返し、また一杯を樽から掬った。

「ちなみに、色々あって名は変えました」

「またか。今の名乗りは？」

「山口二郎《じろう》」

「なら元々の山口一に戻せば良かろうに。あれか。一とか二とか、数が好きなのか」

斎藤――山口は、大して面白くもないとばかりに、くす、と笑う。そして酒をひと口含み、板間の床に枡を置いた。

「評定の一件、聞きましたよ」

「土方君だな」

黙って頷きが返される。相変わらず口数が少ない。ならばと、要蔵は会津藩への不満をぶつぶと吐き出していった。

「――などと申されるのだ、ご家老殿は。会津公も会津公よな。先々の話など、勝ってこそのものだと思わんかね。いやさ、白河を取り戻すちゅうなら、それでも構わんわい。だが七千も兵を抱えておりながら、どうして総攻めにせんのか。まったく訳がわからんわい」

「俺も同じ思いです。大鳥さんや土方さんもね」

「おお。なら伝習隊と新選組と、飯野の者で出るか」

要蔵は喜んで首を突き出した。山口が刺すような眼差しを返した。

「そのつもりでしたが、諦めました。今の先生じゃあ頼りになりません」

心外なひと言だった。むっつりした顔で「どうしてだ」と問う。

「わしゃ、勝つために戦うべしと、ここまで来たのだ。然るに斯様なことでは、負けるために戦を構えるようなものではないか。それを心の底から憂えておるのに、なぜ頼りにならん」

「言い訳が多過ぎるんですよ」

ひと言で、ぴしゃりと返された。このままでは負ける。松平容保にせよ西郷頼母にせよ、どこまで本気で「勝たねばならぬ」と思っているのか――今の森要蔵は、そうやって嘆き憂えるのみで、会津が決めた方針の中で勝つ道を探ろうとしていない。最も痛いところを一刀で突き抜かれた気がした。

「……参った。君は始めに言うとったな。人は心に生かされておる……まさに、そのとおりだ」

山口はようやく面持ちを和らげた。はにかんだようにも見える笑みを受け、要蔵は自らの頭を両手でがりがり掻き毟った。

「しかし斎藤……いや、山口君だったな」

「呼びやすい方で構いません」

「礼儀、ちゅうのもあろうが。で、山口君。わしの至らなさは置いておくとしても、今のままでは会津に勝ち目はない。こりゃ事実だ。白河を攻めるなら、早めに落としておかにゃあ、いずれ敵の増援が来る。どうだね、わしらで会津公とご家老殿に、会津勢だけで総攻めをせいと進言せんか」

「もう大鳥さんが言っています。が……」

未だその決断は下されないらしい。要蔵は「やれやれ」と酒を干し、もう一杯を酌んで立て続けに呷った。

「何と煮え切らん話か」

嘆きつつ、要蔵は「おっと」と口を押さえて苦い笑みを浮かべた。

「そういう中でも言い訳をするな、だったな。だが繰言《くりごと》ばかりは許してくれい。誠心のない者に負ければ義が廃《すた》る。それでは世が捻じ曲がると思うと、つい……な」

「義、ですか」

山口はまたひと口を呑み、長く息をついた。

「正しい道だけが義とは限りませんぜ」

「え?」

要蔵は呆気に取られつつ、穴の空くほど山口を見た。向こうは少し困り顔で、何をどう言おうか頭の中を探しているらしい。

やがて、ぽつりと呟きが漏れてきた。

「たとえば土方さんはね、近藤さんのために戦ってんです」

土方歳三は、多摩の豪農の三男として生まれた。それが剣術を学び、近藤勇と知り合って、剣で身を立てたいと志した。近藤勇も武士の出自ではなく、町道場の主に過ぎない男だった。二人は京都警護の浪士組に身を投じ、後に新選組として会津藩預かりの立場を得た。

武士でない者が武士になれた。それゆえか近藤は、生まれながらの武士以上に、武士としての誇りを大事にしたらしい。その男が、鳥羽・伏見の戦いで官軍に弓引いた罪によって、この四月に斬首された。切腹という、武士ならではの幕引きすら許されなかった。

土方にはそれが無念でならない。近藤勇は武士だったと世に示すため、残された自分が最後まで武士であろうとしている。戦っているのは世のためでも、大義のためでもないのだ。

言葉を拾うような説明を聞き、要蔵はしみじみと鼻息を抜いた。

「人ひとりの義なんぞ、そんなもの……か」

「官軍の外道共も、似たようなものじゃないですかね」

新政府の面々は確かに人の誠を踏みにじってきた。山口の「外道」というひと言には、その思いが込められている。だがそれとて、彼らの中では動かし難い真実の義だったのではないか。言葉の端に滲むものを、要蔵は受け容れられなかった。

「理屈の上では、そうなのかも知れん。が……」

日本を守る道として、幕府側と新政府側が見据えていたものは、同じ「富国強兵」であった。

だが新政府の核となった薩摩や長州は、これまでの道筋を明らかに捻じ曲げてきた。曲がった道を来るべき明日に繋げば、国の先行きが狂いはしないか。

それは諸外国も危ぶんでいたのだろう。ゆえに大政奉還の後になっても、彼らの信は幕府の上にこそ置かれていた。戦が始まってからは局外中立を布告しているが、これとて幕府を見限ったからではない。どちらが勝っても良いように備えたからこその「中立」なのだ。

しかし日本にとっては、どちらが勝っても同じではない。外国との関係について、薩摩や長州は決して慎重ではなかった。双方とも無法と言える形で異国に戦を仕掛け、大敗している。

「わしには、やはり憂いの方が大きいわい。王政御一新と申したところで、日本が急に強くなる訳ではない。外国とひと悶着あった連中では、国としての付き合いも及び腰になろう。左様な奴らの義を認めるちゅうのは、どうもな」

「悪知恵だけの奴なら、三下《さんした》でお終いですよ。官軍の奴らも、いずれ御公儀の偉さを思い知る」

実際新政府は幕府方を追い詰め、無理やり戦に持ち込んで、あまつさえ圧倒している。確かに、ただの奸物ではないだろう。が――。

「国を視るようになれば、か？　しかしなあ……奴らは御公儀のやったこと、全てが間違いだと言って憚らんぞ。悔い改めて、過ちを認めるだろうか」

山口は、また自嘲気味な顔になった。

「認めやしません。表向きはね。でも、立場ってのは人を作ります」

聞いて、はっと口が開いた。新選組の局長を任された責任、山口二郎の芯とでも言うものが、強く滲み出たひと言だった。

大義に比べて、人ひとりの義はあまりに小さい。新政府の面々は、これまで国の片隅にいるばかりで、そういう小さな真実だけに目を向けてきた。

だが、やがて彼らも変わる。重い立場には、それだけの力があるものだ。自分は身を以て知っているると、向かい合う面差しが語っていた。

「かも、知れんな」

そうだ。だからこそ山口は、今の森要蔵では頼りにならないと言ったのだ。

森要蔵は飯野の重臣として、多くの門弟を抱える道場主として、そしてこの戦でも弟子を導くべき者として、人の上に立つ身であり続けた。その立場にある人が、嘆くだけで良いのか。敵方とて、勝てば国を背負って大義を悟るというのに。新政府の面々を凌ぐものを、あなたは見せなければいけない。山口が言いたかったのは、そういうことだろう。江戸で会い、京で会い。その度に山口も、きっと己との縁を思っていた。だからこそ、無口な男なりに言葉を尽くしてくれたのだ。

要蔵はいったん目を伏せ、心を落ち着けて再び開いた。山口の顔が「お」と期待を映した。

「生き返りましたね」

「新選組の局長か。大したものだ。君は、そのために戦っているのかね」

「今の俺には、生きること自体が戦いです」

「そうか。まあ……新選組は毎日が斬り合いだったしな」

山口は黙って笑みを浮かべ、首を横に振った。斬り合いの中で生きてきた男とは思えない、穏やかな目だった。平穏を尊ぶような眼差しを向けられ、逆に、ぞくりとした。

「死んだ奴を大勢見てきた。だから、今をどう生きるか……ってね」

少しの後に返答を受ける。顔を見れば、様々なものが詰まっているのだと知れた。生きること自体が戦いである。今をどう生きるか。山口の言った二つが、遠い昔を思い起こさせた。飯野藩に召し抱えられた頃の話である。

知行取の重臣という扱いながら、扶持は六十石のみ。藩主・保科正益は、代わりに江戸で道場を開くことを許してくれた。

もっとも、開いたばかりの道場には、なかなか門弟が集まらなかった。家主の岡仁庵に毎月のものを支払うにも苦労した。幼かった勝俣乙吉郎を養うため、必死に日々の飯を稼いだ。まさに毎日が戦いだった。

平穏な暮らしの中にも、必ず戦いはある。下手をすれば野垂れ死にするばかり、それは戦場も泰平の世も同じなのだ。

「なるほど。立場は人を作るわい」

要蔵は、山口に柔らかな笑みを向けた。

今をどう生きるのか。それは、今をどう戦うのかと一緒である。人の生そのものが戦いなら、市井に生きる民も、百姓も、全てが日々を戦っている。

幕府方がこの戦に負ければ、日本は新政府の国になる。その時、この国は道に迷うかも知れない。だが激しく揺れ動く世を見てきた人々は、きっと戦いを続ける。そして国に綻びがあれば、必ず繕っていくだろう。新政府の面々も、それを見て学んでゆく。

「この歳になって教えられたよ。ありがとうな、山……。あ、山口君で良いのだったな」

「さて、俺はこれで」

「手間をかけたな。この先は、頼りにしてくれよ。恩を返さにゃならん」

「高く付きますよ」

にやりと笑みを浮かべ、最後にもう一杯の酒を呷って、山口は帰って行った。

＊

五月も末に近くなると、ようやく奥羽列藩の増援が到着し、総勢二千の兵が白河攻めに出陣した。だが要蔵は、この戦に参陣を求められなかった。大軍の統制を思えば、三十に満たない一団を加えることに躊躇いがあったのかも知れない。

そして会津は、またも敗れた。

早々に白河を落とさねばと、以後も続けて兵を出す。その全てが退けられ、先行きに暗雲漂う中、恐れていた事態がついに現実となった。

新政府側の援兵が、常陸と岩城《いわき》の境目に当たる平潟《ひらかた》の湊に上陸した。土佐と薩摩を中心とする軍勢である。それらは六月二十四日、白河から二里半の東・棚倉《たなぐら》城を攻め落とした。

「会津の命運は風前の灯である」

座を取るなり、西郷頼母が悲痛な面持ちを見せた。要蔵は右隣の山口二郎と軽く眼差しを交わし、目の前の四角い顔に目を戻した。

「敵にとって、棚倉城は白河の後詰となりますからな。おまけに数まで増やしておる」

西郷は苦悩の面持ちで頷いた。

「この上は、取り得る道は二つしかない。何としても白河を取り戻し、列藩と共に死力を尽くして支えるか。或いは敵の出足を食い止め、会津の守りを一層強く整えるだけの時を稼ぐか」

確かにそのとおりだ。が、どちらにせよ防戦一方である。要蔵は渋く唸った。剣を取って一対一で対峙するのでも同じだが、攻めの機を見出せなければ勝ちは覚束ない。白河を落とせれば少しは違うのかも知れないが――。

山口が皮肉な笑みを浮かべた。

「白河攻めは、ねえ……。周りが焼け野原です」

度重なる攻防、砲弾が飛び交った末に、白河城の攻め口たる南側は大半が灰と化している。そこを攻め寄せ、優れた銃砲で狙われるとあっては、昨今の敗戦続きも当然であった。会津一面を焼けば敵は進軍も儘ならず――かつて要蔵が唱えた策と同じだと痛烈に揶揄され、西郷は恥じたような、それでいて悔しそうなしかめ面を見せた。

が、あまり苛めてもかわいそうだと思ったか、山口は話の向きを変えた。

「今までと同じじゃ、どうにもならねえってことです」

要蔵は「ふむ」と頷いて背を丸め、腕を組んだ。

「とは申せ、白河を落とすなら、やはり雷神山と立石山を取らねば。そこは変わらん」

銃砲の威力がものを言うからこそ、城を攻め立てるには大砲の台場となるべき高地が必須である。目先を変えるにしても戦の根幹までは変えようがないのだ。それは敵も先刻承知、両山の備えは間違いなく厚い。

会津の守りを固めるまで、白河からの進軍を食い止める道を取るしかないのか。思ったところで、西郷がひとつ咳払いをした。

「だから二人を呼んだ」

要蔵と山口は「ほう」と目を向け、しばし西郷の論に耳を傾けた。

曰く、大砲の威力は凄まじく、大雑把な狙いでも多くの敵を退けられる。だが絶大な力を叩き出すからこそ、連射に次ぐ連射はできない。その隙を埋めるのが鉄砲である。これは続けざまに放てるが、大砲と違って狙いが甘ければ威嚇にしかならない。

「そこで貴君らだ。森殿と手勢の二十八人、新選組は五十ほど。小回りが利く小勢なら、鉄砲の狙いを外しながら山に詰め寄れるのではないか」

鉄砲とて侮る訳にはいかないが、山中では木々に遮られて大幅に威力が殺がれる。加えて、間合いを詰められると銃砲は脆い。昨今の鉄砲は銃剣になっている場合が多いが、刀や槍に比べて重く、動きが鈍くなる。大砲に至っては、至近を狙えば放つ側も被害は免れない。

「どうだろう。森殿の一党も新選組も剣士の集まりだ。詰め寄りさえすれば分があると思うが」

山口は軽く眼差しを外し、忌々しげに舌打ちをした。

「そんなに甘くねえ。伏見でも酷《ひで》え目に遭った」

それ以上を語ろうとしない姿に、西郷はいささか面食らっていた。山口の口数が少ないと知らなかったらしい。

要蔵は思い付くところを尋ねてみた。

「詰め寄っても、どうにもならんのか」

「いえ」

「では、詰め寄れば戦になるのかね」

「多分」

なるほど、と唸って西郷に向いた。

「ご家老殿。こりゃ詰め寄ることさえ難しいようですぞ。まあ大筒とは、そういうものか。わしも大田原で目の当たりにしたが、ありゃあ酷い代物よ。弾が落ちれば土の塊が捲れ上がる。あちこち穴だらけにされたら、満足に……」

満足に走れもしない。言おうとした言葉が、止まった。

「いや待て。雷神山だけなら、何とかなるかも知れん」

曇りきっていた西郷の面持ちが、ぱっと明るくなる。そこを促し、白河近くの絵図を支度させた。西の立石山と東の雷神山を見比べ、紙の上に指を滑らせながら「うむ」と頷く。

「聞いとったとおり、雷神山は小さいわい。上総では、こんなのは山と言わん」

「まさにそこだ。小山なら大筒も鉄砲も数が少ない。小勢で押さえられる」

西郷は「我が意を得たり」とばかりに大きく頷く。要蔵は頷きつつも、口を尖らせて「ふう」と長く息をついた。

「ちゅうても、真っ正直に攻めては負けますな」

そして絵図の中、右手の指で一点を指し示した。白河城の北東、未だ戦火に晒されていない辺りであった。

「夜のうちに、この辺りに潜む。そして空が白む前に、わしらがこう動く」

城の東に大きく弧を描き、城南、雷神山と立石山のさらに南へ指を動かした。

「日の出と共に、攻めるぞと見せかける。わしらが敵の目を引く間に、新選組は真っすぐ雷神山に進めば良い」

山口に向いて、ひとつを問うた。

「話に聞いたが、新選組は大筒の鍛錬もしておったとか」

「少しは」

「なら、隊の半分に大筒と鉄砲を使わせながら山に詰め寄ると良かろう。山に入れば本領発揮、剣の出番よ。小勢とは申せ、新選組はわしらより多い。幾らかでも数が揃っておらねば、そういう立ち回りもできんゆえな」

西郷が「うむ」と顔を紅潮させた。

「貴君らが雷神山を取らば、否が応にも立石山の目はそちらに向く。その隙を衝いて、背中から大筒を射掛けてやるわ。わし自ら五百を率い、白河の手前で待つとしよう」

この言を聞き、要蔵は驚愕の目を向けた。

「お待ちなされ。ご家老殿が自らですか。いけませんわい」

西郷は戦下手と思ってまず間違いない。だが、それに対する懸念が全てではなかった。

「貴殿が討ち死にでもしたら、会津は戦えなくなりますぞ」

目端の利かぬ将であれ、一方の旗なのだ。藩として戦を続ける以上、そういう人を欠けば末端まで意気を阻喪する。

しかし西郷は退こうとしなかった。

「のう森殿。貴君の策を容れておればと、わしは悔いておるのだ。容保公も同じじよ」

「詫びの印ですかな。わしゃ、そこまで執念深くはござらんのですが」

「さにあらず」

真四角の顔に、円《まろ》やかな笑みが浮かんだ。

「恥ずかしながら、わしらの胸には、貴君を余所者と思う驕《おご》りがあった。そこを悔い、改めんとしておるのに、貴君らだけを死地に遣れようか。それにな……わしも、もっと戦を知らねばならん。何としても勝つ、必ず勝つ。そのために、共に戦いたいのだ」

ただの頭でっかち、紙上に兵を談ずる人だとばかり思っていた。だが違ったらしい。向けられる笑みの奥底には、会津武士の熱い心根が躍動している。四方を山に隔てられ、冬になれば長く雪に閉ざされ——そういう地に生まれ育った人ならではの忍耐と克己心《こっきしん》が、苦しい戦に押し潰されそうな今、極限の意欲に昇華したのだ。勝ちたい、何としても勝たねばならぬ。そう思うからこそ自身の戦下手を認め、少しでも役に立てるよう、何かを摑み取ろうと手を伸ばしている。

「いいんじゃないですか」

山口が苦笑と共に口を開いた。要蔵も同じような顔で頷き、しかし、ひとつだけ釘を刺した。

「されど、もし雷神山を取れなんだら……わしが殿軍を引き受けますゆえ、山口君共々、早々に退かれませい。その上で会津を固める策に切り替えねばなりません」

西郷と山口が驚愕の目を向けた。

「貴君が楯になると申されるか」

「それじゃあ先生が危ない」

だが要蔵は、からからと大笑した。

「危ないからと何もせずにおれば、雁首《がんくび》揃えて討ち死によ。なあ山口君、君は言うたろう。生きておること、そのものが戦いだと。まして戦場だ。打てる手を全て打たねば、生き残るための道も拓けまいて」

それが懸命に生きる、つまりは生者の世に戦う道ではないのかと、眼差しに力を込める。

「……参りましたね」

山口が困り顔を見せ、鼻で笑った。当惑と嬉しさがない交ぜになっていた。雷雲の中で眠っていた龍が、こうまで目覚めてしまったかとでも言うように。

「然らば出陣は明後日とする。それから、森殿と新選組には五十ずつ兵を付けよう。大筒や鉄砲は会津の者に任せるが良い。貴君らは自慢の剣を振るうことだけ考えてくれ」

西郷の言葉に強い決意が滲んでいる。確かに、将としての階《きざはし》を登り始めていた。

六月二十八日、要蔵と新選組、そして会津藩兵が鶴ヶ城から出陣した。行軍はまず、白河の西にほど近い下羽太《しもはぶと》村を目指した。この地の庄屋・橘《たちばな》家が宿陣の場となる。

＊

闇の奥に白河城の篝火が揺れる。要蔵たちが潜む辺りからは、胡麻粒ほどに見えた。

飯野一派は戦装束に身を固めていた。走り回るには、具足では如何にも重い。鎖帷子と鉢金《はちがね》である。そこに、新選組の隊士から黒の羽織を借りた。夜明け前に動くなら闇に潜む姿が良いという、山口の気配りであった。

「ここまでは筋書きどおりですね」

右後ろから勝俣が声を寄越した。言葉の響きが硬い。日頃の気さくなものが影をひそめ、この一戦に賭ける気持ちに昂っていた。

「ここからも筋書きどおりだ。わしらが、そのように為すべし」

要蔵の静かな声に、門弟たちが無言で頷いた。

「森殿。刻限です」

会津の兵が囁く。あと一時もすれば空の闇が拭われる、そういう頃合だった。

「新選組、山に潜め」

東側、左手の向こうで山口の声がした。乏しい星明りの下、ぼんやりとした影が粛々と動き、左後ろに聳える山の漆黒に消えてゆく。五十の会津兵、野砲三門と鉄砲二十挺が新選組の後を追った。野砲は注意深く動かしているようで、車輪が野を踏む音も虫の声に覆い隠されていた。

「飯野隊、参るぞ」

要蔵の下知で、当地を知る五十の会津兵が先導した。奇襲が露見せぬよう、松明なしで夜道を踏み越えるためである。飯野一派は前の者の背だけを見て忍び足を運んだ。

初秋七月一日、中途までは夏草の残りに紛れて進めるはずだが、焼け野原となった城の南方に至れば、絶対に気取られないとは言えない。野砲を押す車輪の音に気を遣い、四半時ほどかけて大きく東に迂回する。敵の目に止まっても砲撃が届かぬくらい、城から概ね一里と少しの間合いを保ちつつ、そこからは足を速めて南を指した。

どのくらい進んだろうか。空が濃い群青に変わり、満天の星が輝きを曖昧にし始めた。遥か右手の先には小さな黒の塊が見える。地が緩やかに盛り上がっているらしい。

「あれが雷神山か」

沸き立つ思いを押し潰したように、野間が呟いた。西郷によれば、二百人もいれば裾野を取り囲めるくらいの丘だという。夜目、しかも遠目にだが、さもありなんと思われた。あのくらいなら大砲も鉄砲も多くは入れまい。

やがて空は、明るい藍色に変わり始めた。雷神山は引き続き黒の一色で、先よりもくっきりと見える。その向こうに幾つかの影が浮かび上がった。禿山の様相を呈しているのは、焼けてしまった小丸山と稲荷山か。さらに西の先には、明らかに命の息吹を残した一塊がある。立石山であろう。雷神山に比べて裾野はずっと広いが、やはり緩やかな佇まいである。

「大沼《おおぬま》です」

前を行く会津兵が振り向き、行路の先を指差した。なるほど、青黒いものが幾らか波立っている。沼の右手には丘があり、その向こうに立石山の頂が頭を見せていた。台場に使うには如何にも高さが足りないが、陰に入れば敵の目を盗むくらいはできそうだ。ようやく息をつき、丘を右手に、沼を左手に見て進んだ。

「よし……ここです。刻限までに着きましたぞ」

会津兵が歩みを止めた。右手の丘は、思いきり石を投げて届くかどうかの辺りで切れている。この切れ目が、白河城のほぼ真南であった。

空の藍色が明るさを強め、やがて白んでゆく。振り向けば、東の空にじわりと橙色が零れ始めていた。

「どうだ。もう見えるか」

要蔵は傍らの虎雄に問うた。我が子は斜め右前に目を凝らし、立石山を見ている。

「日の出まで待った方がいいでしょうね。木の葉のせいで、だいぶ暗く見えます」

立石山と雷神山の目を引くのが飯野隊の役目である。山中の暗さを思えば、早いうちに出ても敵がこちらを認めてくれるかどうかは怪しい。

「そうか。とりあえず飯を食っておけ。戦が始まったら水も呑めんから、そっちもな」

門弟と会津兵に声をかけ、要蔵自身も腰から竹皮の包みを取った。昨晩の出陣に際し、下羽太の橘家でこしらえてくれた結び飯であった。

飯を食い、水を含み、しかし兵たちに落ち着きはない。いつ日が昇るのか、もうすぐではないかと思うと、誰の目も東の空に釘付けとなっていた。

「お……。来た来た、来ましたよ先生」

勝俣が掠れがちな声で武者震いした。空の向こうから日が顔を出す。目も眩むばかりの光が大沼の水面にきらきら乱れ、弟子たちの鉢金を照らした。

「では参ろうか」

「会津隊、出ます」

要蔵の一声、続いて会津兵が先に進んだ。十挺の銃剣、三門の野砲、さらに十挺の銃が続く。飯野一派はその後に付き、焼け焦げた野に出ると一斉に黒い羽織を脱いだ。

「進めえい!」

要蔵は太い腹を突き出して身を反らせ、百里四方にも届けとばかり、大音声に呼ばわった。皆が駆け足となり、立石山から見えやすいように、敢えてひと固まりに進んだ。

攻めるぞ。今こそ攻めてやる。そういう姿を認めたか、敵陣がおかしな気配を撒き散らし始めた。山の木々が小刻みに揺れている。

その動きが、ふっ、と軽くなった。

「来るぞ！」

要蔵の声を聞くと、会津の野砲が三方にばらけた。鉄砲と飯野一派は、焼け野の中で散りぢりに広がる。少しの後、ドンと空気が揺れた。

「右翼、逃げろ」

弾の出どころを見ていた野間が、大声を上げた。右に散っていた者たちが、わっと後ろへ、或いはさらに右へと駆ける。ぽっかりと空いた辺りで、煤を湛えた黒い土くれが舞い上がった。

「正面です。少し退いて」

今度は虎雄が叫ぶ。前に出ていた面々が、蜘蛛の子を散らしたように逃げ散った。

弾の出どころと狙いを見て、数を削られないように逃げる。これを繰り返すうち、立石山からの砲撃が止んだ。数発を連射して、砲身を冷ます必要に迫られたらしい。

「ここだ。外道めら、おだづな！」

調子に乗るな、と会津弁の雄叫びが上がる。三門の野砲が「えいや」と立石山に向けられた。狙いなど大まかで十分、陽動が役目ゆえ、或いは狙いなど付けずとも良かった。ドン、ドン、ドン、と立て続けに放たれる。反動で車輪が回り、砲門が後ろに動いた。

と、一発が立石山の麓に落ちる。土くれが木立の緑を覆い隠した。

「下がれ！　皆、下がれ」

右後ろで小野光好が大声を上げた。何ごとかと思う間もなく、遠く大砲の音がする。雷神山の砲撃も、こちらに向いていた。

「あひゃあ！」

玉置仙之助が駆け足で逃げ、後ろで弾けた土に押されるように倒れた。そのまま二回、三回と転がる。

「虎雄！　雷神山を見ておけ」

「はい」

やや左前に出ていた虎雄は、駆け戻って右後ろに警戒を強めた。

立石山からの弾は野間に、雷神山の砲撃は虎雄に見張らせ、撃たれるごとに皆で逃げる。両所の敵兵からは、右往左往しているようにしか見えないだろう。それで良い。精々せせら笑って我らを追え。今頃は新選組が動き出し、雷神山の脇腹へと間合いを詰めているはずだ。

「今しばらくだ。走れ走れ！」

べた足の要蔵は、誰よりも遅く、みっともなく駆け回って叫んだ。いずれ新選組が斬り込んでくれる。それまで何としても目を引いておくのだ。雷神山の砲撃が止んだ時こそ、飯野隊も切り返してそちらに加勢すべし。逃げ回るばかりの鬱憤を、きっと晴らしてくれよう。

あと少し。もう少し。そのはずだ。思い続けて逃げ回る。

なのに、いつまで待っても雷神山から鬨の声は聞こえなかった。齢五十九の要蔵は元より、若い門弟たちも滝の如き汗を滴らせ、息が上がっている。

「山口君……。どうした。どう……」

ちらりと雷神山を向く。すると遥か東の野には、俄かには信じられない光景があった。要蔵の足が止まった。

「あれは」

遠目にも分かる。新政府軍だ。陣笠の下に身軽な洋装という、ちぐはぐな姿を見間違うはずはない。新選組は、この兵を見て身動きが取れなくなったのだ。

要蔵は手勢の全てに向けて叫んだ。

「いかん！　皆の衆、退くぞ。できるだけ大筒を引き付けて、南へ走れ」

二度、三度、声も嗄《か》れよと繰り返す。皆が新政府軍の増援を認め、顔を青くした。それでも新選組が退くだけの時を稼がねばと、敢えてじわじわと退く。

南へ、南へ。敵の砲弾が届く間合いを脱する頃には、真上から日が差すようになっていた。

「皆、生きとるか」

恨めしいほどの暑さの中、肩で息をしながら手勢を見回す。会津兵の四人が、どこに行ったか分からなくなっていた。飯野一派は手傷を負った者が三人である。どれも自らの足で歩き、いざとなれば剣を取れるくらいの怪我で済んでいた。

「先生。先ほどの官軍、棚倉の兵では」

野間が悲痛な面持ちを見せる。要蔵は力なく頷いた。

「こうまで早うに来るとは、思うてもみなかったわい」

棚倉が落ちてから、わずか七日である。彼の城を白河の後詰とするなら、あと幾日か使って十全に修繕すると思っていたのに。日を置かずに進軍して来た意味とは――。

「……下羽太に戻るしかない」

ぼそりと呟き、会津兵の長を呼んだ。

「良いか。戻ったら、君らは西郷殿を助けて鶴ヶ城に退くのだぞ」

「はっ。森殿は？」

「わしゃ、殿軍を務めると約束した」

「なりません！」

共に退いてくれと、必死に諫めてくれている。有難い心遣いに感じ入りつつも、要蔵は大きく首を横に振った。

「それではご家老殿が危ないわい。あの御仁が討ち死にすれば、会津の勝ち目はなくなるのではないかね？」

皆の気を支える人なのだろう。藩主・容保に次ぐ旗を、折らせてはならない。会津兵たちはこの説得を受け容れた。だが下羽太までは、必ず飯野の面々を護衛すると言って聞かなかった。

＊

「然らば、我らはこれで。森先生もご武運を」

飯野一派と会津兵はどうにか白河を離れ、西へ続く細道を辿り、下羽太も目前という辺りまで退き果《おお》せた。会津の兵長から挨拶を受け、要蔵は額の汗を拭って笑みを浮かべた。

「ここまで、ありがとうな。早う退いて、ご家老殿の背を守ってやりなさい」

「はっ。あの」

「どうしたね」

「……おらだぢゃ、最後まで戦います」

兵長が、ぼろぼろと涙を零した。そして深々と頭を下げる。後ろの兵たちも、さめざめと泣き声を漏らした。

「うん。君らは立派な武士だ。さあ行け」

頷いて撤退を促す。会津兵は胸を張って駆け出し、西を指して行った。遠ざかる背を見送れば、要蔵の目にも熱いものが浮かんだ。

「皆、もう勝てないと分かっているんだな」

勝俣の寂しそうな呟きに、小声で「ああ」と返した。

棚倉を落とした新政府軍は、戦で傷んだ城を捨て置いて前に出て来た。つまりは白河の後詰など全く考えていないか、さもなくば一層の増援を受けたか、どちらかである。

恐らくは後者だろう。奥羽鎮撫隊だけなら寡兵だったが、繰り返しの増援が送られているなら、今に会津と奥羽列藩は数の有利さえ覆される。西郷頼母が討ち死にしたら会津に勝ち目はない、そう言って兵たちを先に退かせたが、既に勝ち目は消えたと言って良かった。

「会津は、この先も白河に仕掛けるんでしょうね」

野間が苦しげな声を漏らす。然り、そうなるだろう。白河の兵が増えてしまったからこそ、そこを攻める以外にないのだ。会津には南と東、二つの入り口がある。白河だけなら南を固めれば済むが、敵が北進して須賀川《すかがわ》や郡山、二本松などを落とせば、東にも兵を割かねばならない。一方を相応の数で牽制され、もう片方に大軍を回されたら防ぎようがなくなる。

「わしらは、できることをするだけだ」

要蔵は平坦な声で返し、支度された床机に腰を下ろした。

遠からず追っ手が来る。棚倉から進軍した増援隊と見て間違いあるまい。少しばかり時を要しているのは、今朝の奇襲を蹴散らした後に兵を整えているからだろう。

敵を待ちながら思うのは、山口二郎が退き果せたかどうかであった。あの男には何とか命を繋いで欲しい。節目節目で顔を合わせ、その度に萎えそうな気を支え、奮い立たせてくれた恩人である。己などより、ずっと世の役に立つ人のはずだ。

森要蔵は凡夫である。玄武館四天王と謳われ、多くの門弟に先生と呼ばれ、江戸では知らぬ者がないほどの名声を得ていた。それでも、確かに凡夫なのだ。

目まぐるしく変わる世を眺め、ひととおりを分かった気になっていた。だが、いつも何かが足りなかった。征長の折には永井尚志に教えられて思い違いを悟り、会津では山口の痛烈な叱咤を受けてようやく立ち直ったくらいである。心に誠を持てと自らに言い聞かせ、門弟にもそれを伝えてきたはずだが、道場を飛び出した鈴木文質とは最後まで思いを通わせられなかった。

「足りんなあ、わしゃ」

ぽつりと漏れた呟きに、勝俣が「え？」と振り向いた。

「何か仰いましたか」

「何でもない」

「なら、良いのですが」

ですが心配です、という顔である。すると虎雄が、そして野間や小野光好、大出小一郎に小松維雄、佐々木信明、手傷を負った玉置仙之助ら、道場で寝起きを共にした面々が気配を察してこちらを向いた。凡愚の老骨でも慕われているのだと思うと、穏やかな笑みが浮かんだ。

「何でもないと言うたが……ひとつ、おまえたちに言うておくことができた」

住み込みの者と虎雄に加え、飯野から連れて来た面々もこちらを向いた。要蔵は深く息を吸い込んで、そして静かに語った。

「無念だが、会津の負けは決まった。わしらの殿軍は、死の床にある者をわずかに永らえさせるような、甲斐のない手当てに似ておる」

誰もが無言、百も承知という顔ばかりである。その気持ちを見回して幾度も頷いた。

「皆、わしに従うと決めておるのだろう。有難い話だ。ならば、これから申すことにも従ってもらいたい。わしは最後まで懸命に戦うつもりだ。が……もしも森要蔵が討ち死にしたら、皆は飯野に帰って生き残る道を探って欲しい」

二十八人が、血相を変えた。

「お爺さん！　何を仰ってるんですか」

「そうですよ。先生こそ、戦い抜いて生き残らねば」

「野間から聞きましたよ。ふゆ殿の嫁入りとて、見届けねばならんのでしょう」

虎雄が、勝俣が、佐々木が、弱気を言うなと叱咤する。余の者たちが「そのとおり」「皆で生き延びるのだ」と続く。要蔵は「わはは」と豪快に笑って返した。

「諦めでも、弱気でもないわい。戦ちゅうのはな、棺桶担いで走り回っとるようなものよ。生きるつもりでおったとて、誰がいつ死ぬかは全く分からんものだ。わしが討ち死にせんと、どうして言えようか」

一同が口を噤んだ。要蔵は「いいか」と続けた。

「何ごとも同じだが、いつでも、一番酷い破目になった時を考えておけ。良いことばかり思うておる奴は、悪い目が出た時に脆い。この、わしのようにな」

そして一番弟子の勝俣と、もうひとり、野間に呼び掛けた。

「乙吉に好雄。二人はそれぞれ違う男だが、どちらにも心の誠がある。乙吉はなあ……お調子者だが、いつも皆を和ませて、まとめてきただろう。好雄はいささか頭が固いが、正しきを示すに於いて誰にも憚らん意気がある。他の者も同じだ。常々教えておったとおり、心に誠を養ってきた。これからの世の中は、そういう者が導いていかねばならん」

会津が負ければ、やがて奥羽列藩も敗北の憂き目を見る。この戦は、必ず新政府軍が勝って終わるだろう。続けられた言葉に、弟子たちが奥歯を噛んで俯いた。

「こらこら。下を向くでない。まだ続きがある」

要蔵は面持ちを峻厳に引き締めた。

「戦が終われば平穏になるだろう。剣も鉄砲も使わん世になる。もっとも、おまえたちは敗軍の兵ゆえ、この先は茨の道だぞ。それでも世に誠を叫び続けにゃならん。新選組の山口君が言うとった。人ちゅうのは、生きることそのものが戦いなのだ、とな。だから――」

皆の胸に誠と誇りの火がある限り、新政府の作る世に生きて自らの義を貫け。山口はこうも言っていたぞ。新政府の面々も、いつかは己が過ちに気付くだろうと。だが、今の彼らには本当の誠がない。それを示すのは誰だ。おまえたちではないのか。

切々と語るほどに、若者たちは涙を落とし始めた。どうやら受け取ってくれたと察し、しみじみと息を吐き出した。

「それから、虎雄」

我が子は目元を拭い、奥歯を嚙み締めてこちらを見た。要蔵は、虎雄が赤子の頃に向けたのと同じ笑みを浮かべた。

「山口君に叱られた日に思った。おまえは、わしより大物だ」

山口が来る少し前に、虎雄は萎えきった父の気持ちに苦言を呈した。はっきり言わなかったのは、やはり親子ということなのだろう。子は親がいつまでも強く大きな存在だと思い、衰えたり凋《しぼ》んだりするとは夢想だにしない。だからこそ、自分で立ち直ってくれると思ってくれた。

しかし人は年老いて、いつか後進に道を譲る。その時が来たのだと、誇らしさと寂しさを込めて語りかけた。

「逞しくなった。父の至らぬところを、おまえはもう超えておるよ。だからな、わしが討ち死にしたら飯野に戻ってくれ。乙吉を始め、皆と手を取り合って明日を作りなさい」

「……はい。でも」

お爺さんも生きて、共に帰りましょう――言いたかったはずの言葉が嗚咽に埋もれる。要蔵は慈しむように頷き、他の面々をまた見回した。

「おまえたちも同じだぞ。何があっても生きて、生き抜くんじゃ。そしてな、新しい世の中で戦ってくれ。剣でも鉄砲でもない力で……な」

二十八人の全てが、自らを捻じ伏せるかのように、ぐいと頷いた。要蔵はその中のひとり、伊藤英臣に声をかけた。

「英臣。おまえは無理をせず先に退くが良い」

すると伊藤は、これでもかと眉を吊り上げた。

「どうしてです。なぜ私だけ」

「体の弱いおまえには、今朝の戦は応えたはずだ。それに、この中で一番若いだろう。無駄死にさせては忍びない」

十五歳の紅顔が蒼白になり、しかし、きっぱりと首を横に振った。

「先生の仰せでも、こればかりは聞けません。歳を云々するなら、虎雄さんとひとつしか違わないじゃありませんか。皆を置いて逃げるなど、私の誠に反します」

手痛い反撃であった。一同も「伊藤も共に」と口を揃える。要蔵は「参ったな」と苦笑を浮かべた。

「致し方あるまい。分かった」

勝俣が「そう来なくちゃ」と、涙顔で笑った。

「それに、もう伊藤が退く暇もないでしょうから」

不意に声音を引き締めて、肩越しに遠くを眺めている。なるほど、兵の一団と分かる人垣があって、少しずつ近付いていた。旗に翻るは「丸に土佐柏」の紋、やはり増援に寄越された土佐藩兵だ。

「やれやれ、せっかち共めが。もう少し、ええ格好をさせてくれても良かろうに」

ぼやきながら、要蔵の眼光は龍の如く泰然と敵を見据えていた。門弟たちが、思いきり剣を振るえるくらいに広がる。黒い洋装の軍兵は今朝の勝ち戦に意気も揚々といった風で、こちらの小勢を認めると、呑んで掛かったように行軍の足を速めた。

「概ね六町。まだ鉄砲は届きません」

野間が叫ぶ。要蔵は「よし」と応じた。

「大筒は？」

「なさそうです。このくらいの数に銭食い虫は使わんつもりでしょう」

ならばと皆で腰のものを抜き、道から砂を握って柄に塗り付ける。要蔵も床机を立ち、皆の後ろですらりと抜いた。

「敵方、鉄砲を構えました」

そろそろ四町、射程に入るようだ。遠目には芥《あくた》の如き姿と映るが、両腕を肩の高さまで上げているのが分かる。勝俣が一歩を踏み出し、背中で吼えた。

「右に左に跳んで、狙いを外しながら行くぞ」

ぎりぎりまで引き付け、敵に無駄撃ちを繰り返させて間合いを詰めるべし。懐に飛び込んでしまえば剣が有利である。一時で良い、敵を退かせて鶴ヶ城に戻るだけの時を作り出さねば。

野間が「概ね三町」と目測した。しかし要蔵は未だ「掛かれ」の号令を発しない。

「もう少し引き付ける。弾が届くからとて、まだ狙いを付けるのは難しかろう。小勢の利だ」

次第に大きくなる敵の姿に、息が詰まった。あと二町。三十も数えれば走り果せる道のりである。その間、個々の銃が狙いを付けながら放つ弾は精々二、三発だろうか。

そろそろ——思ったところで、虎雄が声を上げた。

「狙いを付けにくいなら、もっけの幸いです。敵の出鼻を挫くに如かず。お爺さん、斬り込みますよ」

そして雄叫びを上げ、ひとり突っ込んで行った。

「虎雄君、おい！　虎雄！」

間合いを計っていた野間が驚愕し、後を追った。勝俣が、手負いの玉置がそれに続く。要蔵も色を失くして、どたどたと駆け出した。

「それ」

虎雄が左に跳び、少し駆けて右へと身を翻す。敵はそれを狙おうとして、あたふたと銃口を動かしていた。

「俺の弟になる奴を、撃たせるものか」

勝俣が猛然と前に出た。狙いを外そうとはせず、真っすぐ走って敵の目を引いている。

そして。

「放て」

敵軍で声が上がるや否や、勝俣は自らの身を投げ出し、横向きに道の上を転がった。一斉射は誰をも捉えることができず、音ばかりを虚しく響かせている。

「おらあああ！」

体の右前に剣を立てて構え、虎雄が敵に体当たりをした。詰め寄られてうろたえた土佐兵を、野間が斬り伏せる。勝俣が胴払いを食らわせ、ひとり二人と退ける。

「これ以上、寄せるな」

敵の二陣が、ばらりと横に広がった。こちらの後続だけでも防ぐべしと、未だ斬り結んでいない面々に狙いを付けている。

「これでどうだ」

佐々木が叫び、右へ左へと身を揺すった。誰もがそれに倣っている。要蔵も同じだった。だが生来の鈍重で、剣に於いても鋭い動きは一瞬だけという戦い方である。べた足で飛び跳ねても、二つ、三つと繰り返すうちに、必ず一度は踏み止まる隙ができていた。

そこへ、一声が上がった。

「撃ち方、放てい」

ダダダン、と束になった鉄砲の音。あっ、と思う間もなく、要蔵は左の太腿に一撃を受けていた。痛みはない。ただ焼けそうに熱いと感じた刹那、がくりと膝が落ちた。悔しさに唇を噛む。そこに、右前から誰かの叫びが飛んで来た。

「大出！」

驚いてそちらに目を遣れば、大出小一郎が胸から血煙を上げ、もんどりうって倒れていた。

「若い者が」

死んでしまった。死なせてしまった。その痛恨も消えぬ間に、大出が倒れたさらに向こうで、銃剣の餌食になっている者を見た。

「虎……雄」

我が子であった。ひとりの首を掻き斬らんとした矢先、後ろから二つの刃に貫かれたのだ。しかも突き込まれる銃剣は、二つだけでは終わらない。脇から、斜め前から、四つ、五つと繰り返される。膾《なます》斬りにされた虎雄は、総身の力を失って崩れ落ちた。

「虎雄！」

狂おしい叫びが、喉の奥から搾り出された。

おのれ。そこ動くな。この森要蔵、必ずやうぬらを虎雄の道連れにしてくれん。力の入らぬ脚を励まし、震えながら身を起こす。

ふと、体が軽くなった。

「先生、いけません。いったん退いてください」

伊藤が左脇に頭を入れ、肩を貸してくれていた。

「離せ英臣。わしゃ前に出る」

「満足に走れないのでしょう。撃ち殺されるだけです」

先に退けと勧めた相手に引き摺られ、自分こそ後退するとは。情けなさと口惜しさに歯噛みしながら床机に座らされた。

「今、傷を縛ります」

伊藤は懐から手拭を取り出し、端を嚙んで引き裂くと、少しでも血を止めるべく要蔵の太腿を縛った。その間にも土佐藩兵は門弟たちを呑み込み、じりじりと近付いている。ほとんどの弟子は相当の手練《てだれ》であり、銃剣如きと渡り合って後れを取るものではない。勝俣も野間も、返り血と泥で赤黒くなりながら修羅の如き奮闘を見せていた。

「……凌ぐどころの騒ぎではない」

「では退きますか」

傷を縛り終えた伊藤に、小刻みに頭を振って答えた。

「その逆だ」

要蔵は自ら傷を殴り付けた。撃たれた時には灼熱を覚えただけだったが、こうすると悶絶するほど痛い。この痛みに比べれば、前に出るくらい何ほどのことがあろう。思って腹に力を込め、ぐいと立ち上がった。

「飯野藩剣術指南、森要蔵である！　土佐の犬共、森要蔵が相手だ」

左足を引き摺りながら、どたり、どたりと前に出る。走っているつもりだったが、並の者が歩くより遅い。しかし森要蔵の名乗りは、確かに敵に届いていた。門弟たちと斬り結んでいる者を除き、衆目が集まる。

その中に、ひとりだけおかしな者があった。他の兵と違って半ば呆然とし、人波に押されて揉みくちゃにされるばかりである。

「あれは」

要蔵は唇をわななと震わせ、次いで、声を限りに叫んだ。

「文質！」

かつての門弟、鈴木文質であった。土佐の地下牢人という身分を嫌って脱藩し、森道場に身を寄せながら、思いが擦れ違った末に飛び出して行った若者である。

鈴木は幽鬼のように、虚ろな目でこちらを向いた。先生——口元が、そう動いていた。

「われが賊の大将か！」

鈴木に目を奪われている間に、右脇から斬り掛かった兵がある。だが銃剣の太刀筋は鈍い。要蔵にとって、受け止めるくらい訳のない話だった。

「たわけめ！」

右手の剣で受け止め、ぎろりと睨んで左の拳を飛ばす。敵兵は「ぎゃ」と短く悲鳴を上げ、鼻面を押さえて仰向けに倒れた。

「何の」

「それえ」

次、また次と銃剣が襲い掛かる。突きを往なし、上段からの打ち下ろしを受け止めて、敵の胴が空いていると見るや鋭く刃を翻して突き立てた。

二人、三人と斬り捨てると、敵の目の色が変わった。手強しと見て二人同時に跳び掛かって来る。要蔵は右手の剣で、ひとりの打ち下ろしを防いだ。もうひとりの突きは左の手甲で受け止める。だが運悪く、銃剣の刃が手甲の継ぎ目に滑り込んでいた。ぐさりと、手首が貫かれた。

「ぬ……この」

動きを殺され、それでも要蔵の目は死なない。むしろ逆鱗《げきりん》に触れられた龍の如く、ぎらぎらと剣呑な輝きを放った。

「うぬら如きに……やられるものか！」

右手に圧し掛かる銃剣を、渾身の力で撥ね退ける。土佐兵は「わっ」と驚きの声と共に得物を取り落としていた。要蔵の刀が日の光を一閃し、その胴へと飛んでゆく。

「そらあ！」

腹を掻き断られた兵は、悲鳴すら上げずにくずおれた。次いで要蔵は、刃に貫かれた左の手首を捻る。ごり、と湿った音を残して銃剣が外れた。敢えて手首の半分を断たせ、逃れたものであった。止め処なく噴き出す血をものともせず、左手を刀の柄に添える。


——引き裂いてやる。


手負いの老将が弾き出した気迫に呑まれ、左手を貫いた兵が身をすくめる。そこへ「やっ」と上段から斬り付けて脳天を両断した。

「な、何じゃ、こん爺」

明らかに怯んだ兵の群れに、がば、と口を開いて見せた。たとえ両腕を落とされようと、戦いをやめるものか。その時には、この口で食い殺すのみ。流れる血によって心が解き放たれ、狂気が湧き出でる。常ならぬものを浴びた兵が二人、三人と飛び退き、その倍ほどが腰を抜かした。

「来んのか。ええ？」

あまりに多くの血が失われたせいか、くらりとする。踏み止まった左脚に力が入らず、腰が落ちた。

それでも要蔵の目は、未だ死なない。こちらを囲む兵は十幾人にも増えていたが、揃って身動きひとつできずにいる。

「そうらあっ」

右脚の力だけで身を起こし、刀を振るって寸時に二人を斬り捨てた。敵が一様に「え？」という顔をする。誰ひとり、目の前で何が起きたのか見えていないようだった。

「賊共が」

先まで介抱してくれていた伊藤が、凍り付いた土佐兵に突っ掛けてひとりの首を搔く。それによって時が動いた。

「ここ、この、この小僧」

二つの銃剣が伊藤に迫る。伊藤はひとつを受け止めたものの、胴ががら空きだった。

「何の」

要蔵は右脚で飛んだ。前に出した左脚が力なく折れるも、転げそうな格好など構わず、斜め上に剣を振り抜いた。伊藤を穿とうとしていた刃は両手首ごと吹っ飛ばされていた。

「わしの命がある限り……もう、誰も殺させせん」

肩を大きく上下させ、息も絶えだえに低く唸る。左の片膝を突いた格好から身を起こす様は、あまりにゆっくりで、いつでも襲えるほど隙だらけだった。

「舐め……舐めんなや！」

「死ねえ」

右から二人、左からひとり、またも同時に斬り付けてきた。

「先生！」

傍らで戦う伊藤の叫びを耳に、要蔵は全ての刃を受け止めた。右手の刀でひとつ、左の素手でひとつ、右肩でひとつ。体中が血に染まり、朦朧としてきた。

だが、最後までこの睨みだけは絶やすものか。賊兵の命は食らえずとも、決して消えぬ恐怖を植え付けてくれよう。心を、食らってやる。

「手ぬるいのう。本気で来い」

爛々《らんらん》と輝く眼光に押され、斬り掛かった三人が涙目になる。そして、向こうで棒立ちになっている鈴木にがなり立てた。

「おい！　われ何しちょる。撃たんか」

「早うせい」

鈴木は蒼白な顔で、震えながら銃を構えた。それでも、なお引鉄を引けずにいる。躊躇い、戸惑い。それぱかりが若者の総身を包んでいた。

かつての弟子の姿が、ぼんやりとし始めた。要蔵は小刻みに頭を振る。しかし、目に映るものは最早しっかりとした形を取り戻さなかった。

これまでか。ならば最後にひとつだけ。袂を別ってしまった鈴木に、師としてひとつでも何かを残したい。

要蔵は大きく息を吸い込み、出せるだけの声を張り上げた。

「たわけ、文質！　おまえは、ろくに稽古もせず、人の動きを見ておるばかりだった。斯様な時まで人の様子を窺って何とするか」

「じゃが……先生」

ようやく、鈴木の声が聞こえた。この上なく嬉しかった。

「土佐に戻って兵になったのだろう。おまえの為すべきは何だ」

左右の兵が「この阿呆め」と罵っている。だが鈴木には聞こえていないようで、かつての師の目だけを見つめていた。

「……できん。わしにゃ、できんがよ！」

「左様に意気地のないことで、どうする。おまえの信じたものは、それほどに安いか」

要蔵は再度、一喝を加えた。そして右手に力を込め、銃剣をぐいと押し戻す。

「あ……あ、ああ、あああああああああああああッ」

鈴木が狂ったように絶叫した。滂沱の涙を零している。地獄の業火より熱いものが、要蔵の胸を貫いていた。

力が入らない。ただの肉塊の如く、我が身がどさりと地に落ちる。横向きに見遣る先では、鈴木が両膝を突いていた。もう何もできないようだった。

頭に霞が掛かっている。何も考えられない。そうした中で要蔵は、鈴木に向けて出ない声で呟いた。

「それで良い。仲間を助け、わしのために泣き……優しい子だ。それが誠というものだぞ。決して、忘れるなよ」

目の前が暗くなってゆく。笑みだけが浮かぶ。いずれかの兵が馬乗りになったが、重さも何も感じない。

「くたばれ、爺」

首に刃が当てられる。一気に押し込まれた。

刹那、全てが無になった。

＊

その後、新政府軍は二本松城を落とし、東側から進軍して会津に雪崩れ込んだ。会津軍は鶴ヶ城に籠もって猛攻に耐え、また城外でも遊撃戦を繰り返したものの、奥羽列藩の降伏が相次いで孤立の体となる。慶応四年九月、会津藩はついに敗北を受け容れた。

大鳥圭介と土方歳三は援軍を求めるべく仙台に向かい、その地で会津の降伏を知った。二人は新政府に抗《あらが》い続け、以後も箱館《はこだて》まで転戦したが、戦の流れを変えることはできなかった。大鳥は降伏し、土方は討ち死にした。

戦は終わり、世は明治《めいじ》と改元された。

山口二郎は一瀬伝八《いちのせでんぱち》と名を変えて会津藩士となり、藩が廃され県が置かれると、藤田五郎《ふじたごろう》に改名して警察官となった。

日本は明治政府の下で富国強兵を成し遂げ、ついには世界の大国・ロシアに勝つまでの成長を遂げた。この日露戦争の勝利を以てロシアとの不平等条約は改正に至り、諸国との条約に改正の道筋を付ける先鞭となった。公正ならざる条約の半分は、長州が下関で外国商船に砲撃した事件の遺産である。これをあるべき形に改めるまで、実に四十年余りの年月が費やされていた。

森要蔵の門弟たちは、少なくとも六人が生還した。勝俣乙吉郎と野間好雄、伊藤英臣もその中に含まれている。

飯野に帰った勝俣は、要蔵の娘・ふゆを妻に娶《めと》った。そして一子を生《な》したものの、三十一歳で病に倒れ、短い生涯を終えた。

以後、ふゆは野間と生涯を共にして、長子・清治《せいじ》と一女を儲けた。野間好雄の子・清治は明治四十二年（一九〇九）に大日本雄辯會《だいにほんゆうべんかい》を興す。そして『雄辯』や『講談倶楽部《こうだんくらぶ》』などの刊行を通じ、世の言論を主導していった。


時は流れ、明治という時代が四十五年の幕を閉じる。世は大正《たいしょう》、昭和《しょうわ》へと移り変わった。


「蹲踞《そんきょ》」

審判の声に従って二人の若者がしゃがみ込み、竹刀を前に構えた。皇太子殿下御誕生奉祝天覧武道大会、剣道東京府予選決勝——昭和九年（一九三四）であった。

ぴたりと止まった二人を見て、審判が「始め」と右手を上げる。若者たちが立ち、試合が開始される。その、立ち上がりざまだった。

「しゃっ」

片方が踏み込み、向かって右から左へと竹刀を払う。もう一方の胴が打ち抜かれ、パンと鋭い音が響いた。常なる胴払いとは逆向きの、逆胴であった。

「一本！　勝者、野間恒《ひさし》」

対峙した二人は互いに一礼する。野間が、静かに踵を返した。

負けた側は軽く天を仰ぎ、面を外した。角ばった顔は、頬と顎も幾らか張っている。眉目は平らかで穏やか、真一文字に結ばれた口元には強い意思が湛えられていた。

その若者が下がると、向かう先では数人の新聞記者がひそひそやっていた。

「すみません。通していただけますか」

声をかけられた記者たちの中、ひとりが「その前に」と右手のペンを立てた。

「森さん、ちょっとお話を聞かせてもらえませんか。記事にしなけりゃいけないもんで」

「ああ、はい。いいですよ」

負けた側の名は、森寅雄《とらお》。野間好雄の娘、つまり野間清治の妹が産んだ子であった。野間恒とは従兄弟の間柄であり、共に森要蔵の曾孫に当たる。

「今、ちょっと仲間と話してたんですがね。森さんは、野間さんの家で育ったんでしょう」

「はい。それが何か」

寅雄は八歳で清治に引き取られ、野間宗家で養われた。従兄の恒と共に清治の開いた野間道場で剣術を学んだ身である。そして今年、成年に達したのを機に曾祖父の森家を継いでいた。

記者はその点を突いて、勘繰るような笑みを浮かべた。

「立ち上がりざまの一本勝ちなんて、あまりに不自然……と思いましてね。伯父上の野間清治さんに言われて、勝ちを譲ったんじゃないですか？」

寅雄は強く眉をひそめ、それでも言葉を選んで応じた。

「伯父様は、そんなに卑怯なことを仰る方ではありません。取り消してくれませんか」

「でもねえ。私共も商売柄、森さんの武勇伝は調べているんですよ。銚子《ちょうし》の格心館《かくしんかん》で試合をした時でしたっけ。あなたひとりで相手側の門人三十六人を全て退けて、野間さんの出番は無かったと聞きます」

「だからと言って、私の方が強いということにはならないでしょう。今日の試合とは何の関わりもない話です」

明らかに否定するも、記者は得心しない。寅雄は「やれやれ」と呆れた息をつき、記者からひょいとペンを取って、左手に持ち換えさせた。

「私の話は、そちらの手で書いてください」

「え?」

「できるのでしょう?」

ははは、と馬鹿にしたような笑いが返された。

「できませんよ。あなたには、できるんですか?」

「それが、今の試合の全てです。胴払いは向かって左から右に打ち抜くもので、今日のは逆胴でした。いきなりのことで、私も『やられた』という感じだったんですよ。恒さん……従兄《にい》さんとは互いに手の内を知り合っていますから、向こうも裏をかいてきたのでしょう。でも、それだって立派な作戦です。研鑽を積んで勝った人に失敬なことは言わず、素直に賞賛してあげなさい。あなた方が色眼鏡で見た野間恒は、きっと本戦でも優勝しますから」

寅雄はどこまでも毅然として窘め、丁寧に一礼して堂々と去った。

天覧武道大会の本戦は、同年の五月四日、五日の両日に執り行われた。

そして翌六日。朝刊を見る森寅雄の頬には、笑みが浮かんでいた。野間恒は本大会でも優勝して「昭和の大剣士」と讃えられていた。

「従兄さん。正々堂々と勝ったのに、色々言われて辛かったでしょう。負けたのは……まあ悔しいんですがね。でも、正しい人が正しく報われたのは、素直に嬉しく思います」

野間の宗家に養われた間、寅雄が施されたのは剣術の指南だけではない。むしろ剣術を通じ、正しい心、道徳をこそ叩き込まれた。

成功への近道とは道徳的な道に他ならない――野間清治が残した言葉には、森要蔵が何より重んじた「心の誠」がある。それは正しく息づいていた。森寅雄の中にも、野間恒の中にも。

主要参考文献

富津市史（通史および資料）／富津市史編纂委員会・編／富津市
日本の歴史18　開国と幕末変革／井上勝生・著／講談社
改訂新版　戊辰戦争全史（上・下）／菊池明、伊東成郎・編／戎光祥出版
日本の歴史19　開国と攘夷／小西四郎・著／中央公論新社
戊辰戦争　敗者の明治維新／佐々木克・著／中央公論新社

本書は書き下ろしです。

吉川永青（よしかわ・ながはる）

1968年東京都生まれ。横浜国立大学経営学部卒業。2010年「我が糸は誰を操る」で第５回小説現代長編新人賞奨励賞を受賞。同作は、『戯史三國志　我が糸は誰を操る』と改題し、翌年に刊行。12年『戯史三國志　我が槍は覇道の翼』、15年『誉れの赤』でそれぞれ第33回、第36回吉川英治文学新人賞候補となる。16年『闘鬼　斎藤一』で第４回野村胡堂文学賞受賞。７人の作家による〝競作長篇〟『決戦！ 関ヶ原』『決戦！ 関ヶ原２』『決戦！ 三國志』『決戦！ 川中島』『決戦！ 賤ヶ岳』にも参加している。他に、『関羽を斬った男』『治部の礎』『裏関ヶ原』『孟徳と本初　三國志官渡決戦録』『老侍』などがある。

雷《らい》雲《うん》の龍《りゅう》　会《あい》津《づ》に吼《ほ》える

二〇一九年一月二十九日　第一刷発行

著者　吉《よし》川《かわ》永《なが》青《はる》

発行者　渡瀬昌彦

発行所　株式会社講談社

〒一一二－八〇〇一

東京都文京区音羽二－一二－二一

電話　出版　〇三－五三九五－三五〇五

販売　〇三－五三九五－五八一七

業務　〇三－五三九五－三六一五

本文データ制作　講談社デジタル製作

印刷所　豊国印刷株式会社

製本所　株式会社国宝社

ISBN978-4-06-513997-4　N.D.C.913　238p 19cm